DANS

LA CHARMILLE

Recueil de Poésies

PAR

F. COUSIN,

ANCIEN NOTAIRE A LA BASSÉE.

Dans la charmille :

« Voilà le titre à te donner,
» Livre qui veux m'abandonner,
» Ce sera ta seule estampille ;
» Pars, et dis à tout l'univers
» Que ma Muse a dicté ces vers
  » Dans la charmille. »

F. C.

LILLE,

IMPRIMERIE L. DANEL.

1878.

DANS LA CHARMILLE

DANS

LA CHARMILLE

Recueil de Poésies

PAR

F. COUSIN,

ANCIEN NOTAIRE A LA BASSÉE.

Dans la charmille :

« Voilà le titre à te donner,
» Livre qui veux m'abandonner,
» Ce sera ta seule estampille ;
» Pars, et dis à tout l'univers
» Que ma Muse a dicté ces vers
» Dans la charmille. »

F. C.

LILLE,

IMPRIMERIE L. DANEL.

—

1878.

Je désire que cet opuscule ne quitte pas le cercle de mes amis, et à ceux qui me demanderont pourquoi je fais des vers, je répondrai avec la plus grande sincérité : « Pour le plaisir seul de les faire, » et je leur dirai ce que disait Gresset :

> « J'abandonne l'exactitude
> » Aux gens qui riment par métier,
> » D'autres font des vers par étude,
> » J'en fais pour me désennuyer. »

F. C.

DANS LA CHARMILLE.

C'est la tête inondée
Des pleurs de la forêt,
Que souvent le spondée
A Virgile apparaît.

V. Hugo.

Dans la charmille :
« Voilà le titre à te donner,
» Livre qui veux m'abandonner,
» Ce sera ta seule estampille ;
» Pars, et dis à tout l'univers
» Que ma Muse a dicté ces vers
    » Dans la charmille. »

Dans la charmille
Ombreuse, qui clôt mon jardin,
Je vais tous les jours au matin,
A l'heure où le pinson babille ;
Les oiseaux donnent des concerts
Et ma Muse dicte des vers
    Dans la charmille.

Dans la charmille
Où j'entends la voix du buisson,
Alors que le colimaçon
Se promène avec sa coquille,
J'écoute sous les rameaux verts
Ma Muse qui dicte des vers
Dans la charmille.

Dans la charmille
Oh! que je suis heureux de voir
Sortir gaiement de son boudoir
L'aurore à la blanche mantille;
Par elle les cieux sont ouverts,
Et ma Muse dicte des vers
Dans la charmille.

Dans la charmille
Lorsque le jour chasse la nuit,
Je cours et je m'inspire au bruit
De tout un monde qui fretille
Sous l'œil du maître que je sers
Quand ma Muse dicte des vers
Dans la charmille.

Dans la charmille
Le gai rossignol, mon ami,
Me délivre de la fourmi,
De la mouche et de la chenille ;
Ses roulades charment les airs
Et ma Muse dicte des vers
Dans la charmille.

Dans la charmille
Souvent j'entends un faible bruit,
C'est la fauvette qui s'enfuit
Devant l'épervier dont l'œil brille ;
Mais je chasse l'oiseau pervers
Et ma Muse dicte des vers
Dans la charmille.

Dans la charmille
Deux linots que l'amour unit
En cachette ont placé leur nid,
Berceau de leur jeune famille ;
Ils craignent d'être découverts,
Et ma Muse dicte des vers
Dans la charmille.

Dans la charmille
Où bourdonne le moucheron,
La feuille nourrit le ciron,
Et le sol d'insectes fourmille ;
Que font là ces êtres divers
Quand ma Muse dicte des vers
    Dans la charmille ?...

Dans la charmille
Les petits habitants des bois,
Entr'eux se déclarent parfois
La guerre pour une lentille ;
Et quand leurs cris troublent les airs,
Ma Muse me dicte des vers
    Dans la charmille.

Dans la charmille
On entend aussi les accents
Des chantres aimés du printemps ;
Mais la mésange si gentille
Semble maudire les hivers,
Et ma Muse dicte des vers
    Dans la charmille.

        Dans la charmille
Le zéphire, ce dieu léger,
D'Éole divin messager,
Au point du jour d'ardeur pétille ;
Il met les feuilles à l'envers
Et ma Muse dicte des vers
        Dans la charmille.

        Dans la charmille
L'oiseau, l'insecte *et cætera*,
Et l'aurore qui m'inspira
Sous les rayons qu'elle éparpille,
Modulent de rustiques airs,
Et ma Muse dicte des vers
        Dans la charmille.

        Dans la charmille
Que parfume la fleur des champs
Et que décore le printemps,
On rit de l'or qu'un sot gaspille ;
Et si les grands portent des fers,
Ma Muse me dicte des vers
        Dans la charmille.

Dans la charmille
Un rayon du soleil levant
Porté sur les ailes du vent
Caresse un lézard qui sautille,
Et de leurs trous chasse les vers
Quand ma Muse dicte des vers
Dans la charmille.

Dans la charmille
Sans doute l'on ne connaît pas
Les plaisirs que goûte ici-bas
Le fat que le monde entortille;
Mais si Pluton règne aux enfers,
Ma Muse me dicte des vers
Dans la charmille.

Dans la charmille :
C'est bien là le titre qu'il faut
A ce recueil qui va bientôt
Entrer dans la grande famille ;
Qu'on le reçoive à bras ouverts
Car ma Muse a dicté ces vers
Dans la charmille.

INVOCATIONS.

I.

Divinités du Pinde, ô nymphes d'Aonie,
Non, non, ce n'est pas vous que j'invoque aujourd'hui :
Vous, Calliope, vous, patronne de celui
Qui chante les héros, vous, savante Uranie,

Vous, sévère Clio, vous, docte Polymnie,
Tendre Érato, ma voix refuse votre appui ;
Et vous, Euterpe, vous qui charmez mon ennui,
Cessez vos doux accords, muse de l'harmonie !

Et lorsque l'ennemi campe sur nos débris,
Brûle mon sol natal sans pitié ni sursis,
Que feriez-vous ici, légère Terpsichore?

Tragique Melpomène, et vous, mère des ris,
Thalie, adieu! Fuyez, ô muses que j'adore,
Pour venger mon berceau, j'invoque Némésis.

II.

L'impitoyable Hun pétrolait nos murailles,
Brûlait nos monuments, mutilait nos soldats,
A la France il faisait d'immenses funérailles
Et se livrait joyeux aux plus noirs attentats;

Barbare aux cheveux roux, sans cœur et sans entrailles,
Pour apaiser ses morts tombés en cent combats,
Il égorgeait, le lâche (horribles représailles)!
Et la mère et l'enfant qu'elle avait dans les bras.

Et moi, l'âme brisée et pleine de tristesse,
J'ai dit à Némésis, l'inflexible déesse:
Viens, tu remplaceras ma Muse désormais;

Mais c'est en vain, mon cœur n'est pas fait pour maudire,
Car si je veux toucher les cordes de ma lyre,
Il n'en sort que des sons de concorde et de paix.

III.

La haine me brûlait le cœur, et la vengeance
Etait mon seul souci, Némésis mon seul bien ;
Je voulais à tout prix venger ma pauvre France,
Tombée, hélas ! aux pieds d'un bandit Prussien.

Mais ma Muse bientôt pour imposer silence
A Némésis, m'offrit sa lyre pour soutien,
Auprès d'elle je fus sans force et sans défense ;
Enfin, de mes fureurs il ne resta plus rien.

Comme l'oiseau craintif envolé de sa cage
Aime la solitude, et quand cesse l'orage
Redit son chant d'amour à l'ombre des grands bois,

J'irai, quand paraîtra la matinale aurore,
Sous le chêne feuillu que le lierre décore,
Répéter aux échos mes chansons d'autrefois.

UN SONNET.

Puisque le feu sacré dans mon cœur se réveille,
Muse, à l'œuvre, je veux trouver sous mon bonnet...
Trouver, devinez quoi?... quel caprice! un sonnet,
Dussé-je prolonger jusqu'au matin ma veille!

Notre grand maître à tous, Boileau, qui s'y connaît,
Nous dit que deux quatrains de mesure pareille,
Où la rime à deux sons frappe huit fois l'oreille,
Suivis de deux tercets distincts, font le sonnet.

Il faut que ces tercets, ajoute-t-il encore,
Séparés par le sens, aient un rhythme sonore,
Avec un vers final, piquant, inattendu.

Voilà presqu'un sonnet; c'en est un, sans nul doute,
Du Parnasse, ma foi, je reconnais la route
Que parcourait jadis l'auteur du *Temps perdu* (*).

(*) Titre d'un volume de poésies de l'auteur.

LE RHIN.

———ᴡᴡᴠᴠᴡᴡ——

A mes filles chéries Lucie et Claire.

Si j'ai du Ciel invoqué la clémence
Dans ces couplets que j'écris à genoux,
Si j'ai pleuré sur les maux de la France
C'est, mes enfants, que je pensais à vous.

Mon œil, triste et rêveur, au fond de ton lit plonge,
Et mon âme endormie au doux bruit de ton cours,
O Rhin majestueux ! s'illusionne et songe
Que Dieu peut nous donner encore d'heureux jours.
Oui, Dieu veut qu'en nos cœurs l'espérance survive.
La main qui nous punit peut nous bénir encor,
Comme le vent du soir qui trouble ton flot d'or
Peut te rendre au matin ta pureté native.

    Salut, ô Rhin !
  Que tes ondes fugitives
  Soient l'écho des voix plaintives
  Qui s'élèvent de tes rives
  Pour maudire le destin !
    Salut, ô Rhin !

2

Tu gémis quand ta vague écumante et terrible
Se brise en mugissant sur les flancs des récifs.
Tu ne voudrais couler qu'une eau calme et paisible
Qui berçât mollement les plus frêles esquifs.
A tes flots irrités débordant dans la plaine
Tu mêles le limon de la fertilité....
Et la nature ainsi prêche la charité
Aux peuples frères ; rois, pourquoi prêcher la haine ?

      Salut, ô Rhin !
     Que tes ondes fugitives
     Soient l'écho des voix plaintives
     Qui s'élèvent de tes rives
     Pour maudire le destin !
      Salut, ô Rhin !

N'as-tu point dit aux prés posant leur verte nappe
Emaillée au printemps de joyeux boutons d'or :
« Soit maudite la fleur orgueilleuse qui frappe
» L'humble fleur qui, près d'elle, étale son trésor ? »
Et le fier arbousier qui couronne les cimes
Veut-il briser l'iris qui fleurit les ravins ?
Non, non : les fleurs, les prés, les bois et les jardins
Aiment la paix ; la guerre est le plus grand des crimes.

      Salut, ô Rhin !
     Que tes ondes fugitives
     Soient l'écho des voix plaintives
     Qui s'élèvent de tes rives
     Pour maudire le destin !
      Salut, ô Rhin !

Tu passes sans froisser l'élégante parure
De l'humble myosotis qui parfume ton bord ;
Tu voudrais étouffer le bruit de ton murmure
Pour ne pas éveiller un papillon qui dort.
Cependant le canon, messager de colère,
Avec un art affreux prodigue le trépas ;
Un fleuve vit d'amour ; l'homme seul ici-bas
Descendant de Caïn, veut égorger son frère

      Salut, ô Rhin !
   Que tes ondes fugitives
   Soient l'écho des voix plaintives
   Qui s'élèvent de tes rives
   Pour maudire le destin !
      Salut, ô Rhin !

Le sang coule à grands flots sur tes bords ; quel délire !
Un peuple policé s'acharne à supprimer
Un voisin malheureux, qu'en fureur il déchire,
Et que la voix du Ciel lui commande d'aimer.
Pourquoi ces nations que ton cours seul sépare,
Braves toutes les deux, de sang souillent ton eau ?
C'est qu'on trouve à ta droite un tyran roi-bourreau
Qu'un jour on nommera Guillaume-le-Barbare.

      Salut, ô Rhin !
   Que tes ondes fugitives
   Soient l'écho des voix plaintives
   Qui s'élèvent de tes rives
   Pour maudire le destin !
      Salut, ô Rhin !

Peuples, jusques à quand servirez-vous la rage
Des empereurs blasés et des rois abêtis
Qui prennent votre sang, votre or, votre courage,
Pour contenter sans frein leurs brutaux appétits?
Oh! la fraternité, don du Ciel, se retire
Sous le joug abhorré de ces tyrans sans foi;
Pour laver les forfaits hideux de plus d'un roi,
O Rhin! toutes tes eaux ne pourraient pas suffire.

> Salut, ô Rhin!
> Que tes ondes fugitives
> Soient l'écho des voix plaintives
> Qui s'élèvent de tes rives
> Pour maudire le destin!
> Salut, ô Rhin!

Clouons au pilori de l'histoire future
Les noms de ces bandits, fléaux du genre humain,
Attilas sans pudeur, outrageant la nature:
De Moltke, de Bismarck, Guillaume roi-Germain.
Ils brûlent nos hameaux, ils bombardent nos villes,
Égorgent les vieillards, massacrent les enfants,
Et, pour comble d'horreur, sur ces corps palpitants,
Ils essaient de souiller nos femmes et nos filles!

> Salut, ô Rhin!
> Que tes ondes fugitives
> Soient l'écho des voix plaintives
> Qui s'élèvent de tes rives
> Pour maudire le destin!
> Salut, ô Rhin!

Au milieu des horreurs de cette affreuse guerre,
(Suprême hypocrisie!) ils invoquent l'appui
D'un Dieu juste qui peut, d'un coup de son tonnerre,
Écraser ces maudits qui se moquent de lui.
O Français! invoquons la divine clémence
De Celui qui commande à l'aveugle destin,
Et nos enfants, un jour, laveront dans le Rhin
Les affronts qu'un barbare inflige à notre France.

Salut, ô Rhin!
Que tes ondes fugitives
Soient l'écho des voix plaintives
Qui s'élèvent de tes rives
Pour maudire le destin!
Salut, ô Rhin!

INVITATIONS.

Le souffle qui balance
La feuille de l'ormeau,
Va me dicter, je pense,
    Un chant nouveau;
Et l'églantier qui dore
Au printemps le buisson,
M'invite à faire encore
    Une chanson.

La diligente avette
Butinant sur le thym,
Prétend que la fauvette
   Chante au matin,
Et que je dois, comme elle,
Exempt de tout souci,
Quand l'aurore est si belle,
   Chanter aussi.

L'oisillon sur la branche
Va donner un concert
A la svelte pervenche,
   Au rameau vert,
A la fleur qui l'écoute,
Au papillon distrait,
A la chèvre qui broute
   Dans la forêt.

La verdière dans l'herbe,
Le pinson sur le mur,
Font un duo superbe
   Sous un ciel pur;
Le merle solitaire
Sur le sommet des monts
Crie à toute la terre :
   Chantons, aimons.

La mouche qui désire
Se mettre à l'unisson,
En bourdonnant m'inspire
  Une chanson ;   ,
Et dans son nid de mousse,
L'insecte, au point du jour,
De sa voix la plus douce
  Chante l'amour.

La nature riante
Et le ciel embaumé
Commandent que l'on chante
  Au mois de mai.
Tout renaît à la vie
Et l'oiseau veut chanter
Pour me donner envie
  De l'imiter.

« Malgré ma voix qui tremble
» Et ma Muse aux abois,
» Oiseaux, charmons ensemble
  » L'écho des bois ;
» Je veux mêler encore,
» Amis, comme autrefois,
» A votre voix sonore
  » Ma faible voix. »

LA ROSE.

Déjà les rayons de l'aurore
Blanchissent la cime des monts ;
Où s'enfuit la nuit ? je l'ignore ;
Saint Michel chasse les démons.
Zéphyr discrètement balance
Les oiseaux sur l'arbre endormis,
Il voudrait éveiller, je pense,
Les rossignols, ses bons amis.

La nature entière s'éveille :
L'araignée apprête ses lacs,
L'insecte bourdonne et l'abeille
Butine sur les blancs lilas ;
Oh ! que la matinée est belle !...
Mais au jardin qu'ai-je entendu ?
C'est une rose qui m'appelle
Pour deviser du *Temps perdu*.

« Je suis reine, me dit la rose,
» Je suis la muse des jardins,
» Pour les poètes je dispose
» Des bouquets et des gais refrains.
» Je donne à l'amant qui soupire
» Des fleurs pour calmer ses ennuis ;
» Ce qu'au soleil je ne puis dire,
» Je le dis à l'astre des nuits.

» De tout temps j'ai fait la conquête
» De ceux dont sait aimer le cœur,
» La jeune fille et le poète
» Près de moi trouvent le bonheur.
» J'embaume la pauvre chambrette
» Où travaille un ange à l'œil noir,
» Et je suis aussi toujours prête
» A fleurir le riche boudoir.

» Au chardon qui se scandalise
» Lorsque je me pose l'été
» Sur le chapeau d'une marquise,
» Je proclame la LIBERTÉ.
» A la primevère coquette
» Qui tremble pour sa dignité
» Lorsque je pare une grisette,
» Je proclame l'ÉGALITÉ.

» Sous son habit de paysanne
» Est à l'aise la fleur des champs
» Près de l'œillet qui se pavane
» Dans une corbeille, au printemps ;
» Car le contact d'une fleurette
» Ne blesse pas notre fierté,
» Nous avons proscrit l'étiquette
» Au nom de la FRATERNITÉ.

» Chaque fleur reste sa maîtresse,
» La raison nous tient lieu de loi,
» Et jusqu'ici rien ne nous presse
» De nous mettre en quête d'un roi ;
» Mais en reine si l'on me pose,
» Et si de moi l'on fait du cas,
» C'est que je suis toujours la rose
» Qui règne et ne gouverne pas. »

LES OISEAUX ET LES BOIS.

Non omnes arbusta juvant humilesque Myricœ.
Bien peu savent aimer l'humble asile des bois.
VIRG., *Égl.* 4.

Pour vendre l'arbre à tant le stère,
Vous supprimez les bois feuillus,
Vous chassez l'ombre et le mystère,
Les oiseaux ne chanteront plus.

J'avais quinze ans, le printemps de la vie,
Tous les plaisirs accouraient à ma voix,
L'aurore, alors, voyait avec envie
Que j'éveillais les oiseaux dans les bois.
Les fleurs des champs, agréables Mécènes,
Me promettaient d'abondantes moissons ;
Je composais des vers sous les vieux chênes
Et des oiseaux j'écoutais les chansons.

Mais je suis vieux : en passant sur ma tête,
Dix lustres ont refroidi mes ardeurs,
Ils ont coupé les ailes du poète,
De mon jardin ils ont fané les fleurs ;
Je ne vais plus au bois avant l'aurore,
Ma lyre, hélas ! n'a plus de joyeux sons,
Et cependant, j'aime à chanter encore,
Et des oiseaux écouter les chansons.

C'était le temps où l'ardente jeunesse
Aimait l'étude et faisait fi de l'or ;
Avec Tyrtée, aux héros de la Grèce,
Elle adressait des vers qu'on chante encor.
L'homme, aujourd'hui, ne rêve plus que lucre,
Des épiciers profitant des leçons,
Il sait servir une livre de sucre
Quand des oiseaux j'écoute les chansons.

On ne lit plus... Virgile, Lamartine,
Maîtres chéris, vos livres délaissés
Vont du salon passer à la cuisine,
Et puis de là.... je me tais, c'est assez.
Vous qui faisiez autrefois nos délices,
Et que, vieillards, toujours nous chérissons,
Quoi ! vous servez d'enveloppe aux épices
Quand des oiseaux j'écoute les chansons.

Vous qui portez la hache sacrilége
Dans les grands bois où gazouille l'oiseau,
Vos âmes n'ont, sur les bancs du collége,
Jamais appris les préceptes du beau.
Plutus, sans doute, ouvre pour vous sa caisse,
Vous adorez ce que nous maudissons,
Et le niveau de l'esprit humain baisse
Quand des oiseaux j'écoute les chansons.

Pour vendre l'arbre à tant le stère,
Vous supprimez les bois feuillus,
Vous chassez l'ombre et le mystère,
Les oiseaux ne chanteront plus.

A Mr A. POLLET,

Poète Basséen

et membre du *Caveau*.

———ᴡᴡᴡ———

Vous ·m'avez dit : « Viens avec nous, poète,
» Viens au Caveau, nos bras te sont ouverts,
» De l'amitié nous célébrons la fête,
» Reprends ton luth et chante-nous tes vers. »
Il n'est plus temps, j'invoque en vain ma Muse,
Hélas ! pour moi le vin se change en eau ;
Non, ce n'est point une banale excuse,
Je suis trop vieux pour entrer au Caveau.

Oh! qu'ils sont loin ces jours de mon bel âge,
Où seul, rêvant à l'heure du berger,
De mon carnet, j'emplissais une page
Et me croyais plus grand que Béranger.
Déjà mon nom, au temple de Mémoire,
Était inscrit en tête du tableau;
J'ai su depuis ce que c'est que la gloire,
Je suis trop vieux pour entrer au Caveau.

Nul ne comprend le bonheur qui m'anime,
Et nul non plus ne saurait l'exprimer,
Quand j'ai trouvé la mesure et la rime
D'un vers heureux que j'aime à déclamer.
Je m'aperçois bientôt de ma folie,
Et de Momus arrachant le bandeau,
Je suis, me dis-je avec mélancolie,
Beaucoup trop vieux pour entrer au Caveau.

Par un quatrain, le poète commence,
Le lendemain, il façonne un couplet,
Puis il achève un chant avec aisance,
Et met au jour un poëme complet.
D'épis cassés, ma gerbe se compose,
Pourrais-je un jour en former un faisceau?
Ce que je sais, c'est que je me repose,
Je suis trop vieux pour entrer au Caveau.

Chanson, sonnet, madrigal et poëme,
Bons et mauvais, anciens et nouveaux nés,
Vite au bercail, mes chers enfants que j'aime,
Revenez tous, pauvres abandonnés ;
Formez ensemble un tout petit volume
Qui sortira quand le temps sera beau ;
Au ratelier, moi je pose ma plume,
Je suis trop vieux pour entrer au Caveau.

Tous réunis sous mon toit, humble asile,
Vous donnerez la main au *Temps perdu ;*
Auprès de vous, je veux vivre tranquille
Et prendre en paix le repos qui m'est dû.
Que le bonheur que j'eus à vous écrire
Me réjouisse, enfants, jusqu'au tombeau ;
Si j'ai toujours du plaisir à vous lire,
Je suis trop vieux pour entrer au Caveau.

LE SOIR.

Le soleil se couchait aux profondeurs de l'onde,
Un rougeâtre bandeau colorait l'horizon,
La lune, à l'orient, montrait sa face ronde
Semblable au ver-luisant d'un immense gazon ;
Et la nuit parsemant les voûtes éthérées
De globules de feu passés au crible noir,
Suspendait au hasard les étoiles dorées.
     Oh ! que j'aime un beau soir.

Les travailleurs des champs rentraient aux toits de chaumes,
Les pâtres, au bercail, enfermaient leurs troupeaux;
Sur les rives du lac, les arbres, grands fantômes,
Miraient leurs fronts feuillus dans le cristal des eaux.
L'air était calme et pur; au milieu du silence,
Le zéphyr caressant, sans bruit, faisait mouvoir
Les branches où, souvent, un oiseau se balance.
    Oh! que j'aime un beau soir.

Un charmant gazouillis s'échappait des feuillages,
On eût dit une nymphe égrenant sous ses pas
Les perles de sa voix aux fouillis des bocages,
On comprenait un chant, on ne l'entendait pas;
C'était le rossignol, chantre des solitudes,
Modulant des accents bien faits pour émouvoir,
Et qui, timidement, soupirait des préludes.
    Oh! que j'aime un beau soir.

On entendait encor sur la mousse soyeuse,
Le frôlement léger des ailes d'un cri-cri,
Et le bourdonnement d'une mouche soigneuse
Cherchant sous une feuille un confortable abri.
Et le sombre hibou, sournoise sentinelle,
Au sommet d'un tronc nu, comme sur un perchoir,
Immobile, agitait sa vitreuse prunelle.
    Oh! que j'aime un beau soir.

L'humble fleur des guérets, les touffes de verdure,
Empruntaient à la nuit les parfums les plus doux ;
Je respirais heureux, et disais : la nature,
Pour embaumer les champs, n'a pas besoin de nous.
Le soleil d'un beau jour et ses rayons de flamme,
O joli soir d'été, sont loin de te valoir !
C'est le calme et la nuit que recherche mon âme.

    Oh ! que j'aime un beau soir.

NOTICE HISTORIQUE

des Démons composant la cour de Belzébuth,

DE LEURS DIGNITÉS,
DE LEURS QUALITÉS ET DE LEURS FONCTIONS,

relevée sur des documents puisés dans les Livres saints et dans le
Dictionnaire infernal, approuvé par Monseigneur Affre,
archevêque de Paris, le 27 juillet 1844.

F. C.

I

POURQUOI

Tant de gens, de nos jours, ont comparé l'enfer
Aux rivages fleuris d'un riant port de mer,
Où la foule toujours par la foule suivie
Tient à prendre les eaux une fois dans sa vie,

Qu'il conviendrait beaucoup d'apprendre aux voyageurs,
De ce gouvernement, et les lois et les mœurs.

Or, l'un de mes amis, savant démonomane,
Qui doit, pour les enfers, faire un guide JOANNE,
A promis de construire un immense fanal
Pour éclairer au gaz le royaume infernal,
Et d'y faire afficher en brillants caractères
Adresses, qualités et noms des dignitaires.

Bientôt, par ce moyen, chacun pourra savoir
Qui règne et qui gouverne en ce sombre manoir,
Où sont les restaurants, où siége la justice,
Quels sont les employés chargés de la police.
Les voyageurs ainsi trouveront sans efforts
Les bureaux où l'on fait viser les passeports.

Et moi je me propose aujourd'hui de vous dire
Qui compose la Cour de ce funèbre empire.

II

PRINCES ET DIGNITAIRES

D'abord *Satan* n'a plus le pouvoir souverain ;
Car depuis que les rois sont nommés au scrutin,
L'éloquent *Belzébuth* [1] qu'aime la populace
A renversé *Satan* et s'est mis à sa place.

(1) *Belzébuth*, seigneur des mouches, prince des démons. — Saint Matthieu
chap. XII, v, 24. — Saint Luc, ch. II, v. 15.

Le chef suprême est donc le nommé *Belzébuth*,
Un fort rusé compère, un malin s'il en fut,
L'orgueilleux fondateur de l'ordre de la Mouche
Qui, de saute-ruisseau, s'est fait tribun farouche,
Et qui, n'obtenant point les faveurs de *Satan*,
Trouva tout naturel de lui dire : Va-t-en.

Mais un rival déjà se dispose à le mordre
Si son astre pâlit ; c'est un grand'croix de l'ordre,
Le prince de la Mort, un immonde démon,
Un mangeur de corps morts : *Eurynôme*[1] est son nom.

Puis vient le fier *Moloch*[2], général des gendarmes,
Il est grand'croix, il est prince au pays des larmes.
Accroupi, grimaçant sur un noir escabeau,
Il porte sur son chef une tète de veau,
Et ses bras étendus, en brandissant des chaînes,
S'offrent pour recevoir des victimes humaines !

Jadis, chez les païens, *Pluton*[3] était un dieu,
Dans notre enfer à nous, il est prince du feu ;
Installé gouverneur de ces sombres cavernes,
Il brûle les damnés suspendus aux lanternes,
Et de son noir trident, il soulage, dit-il,
En les retournant, ceux qui hurlent sur le gril.

Grand maître des Sabbats, chevalier de la Mouche,
Léonard[4] le hideux, a l'air sombre et farouche,

(1) *Eurynôme*. Il avait dans le temple de Delphes une statue qui le représentait avec de grandes dents, comme un loup affamé. (*Dict. inf.*)

(2) *Moloch*. Démon affreux couvert des pleurs des mères et du sang des enfants. (*Dict. inf.*)

(3) *Pluton*. Prince du feu, gouverneur général des pays enflammés. (*Dict. inf.*)

(4) *Léonard*. Il a un visage au derrière ; les sorcières lui baisent ce visage avec une chandelle verte à la main. (*Dict. inf.* Delrio, Delancre, Bodin.)

De la sorcellerie, inspecteur général,
On le nomme souvent le grand nègre bancal ;
Il porte, chose étrange, un visage au derrière
Qu'un cierge vert en main, embrasse une sorcière ;
Yeux ronds, deux pattes d'oie, oreilles de renard,
Cornes de bouc au front, tel est mons Léonard.

Maître *Baalbérith* [1], seigneur de l'alliance,
Est le conservateur des archives. En France,
Ceux qui sont préposés aux mêmes fonctions
Sont des greffiers publics ou des tabellions.
C'est par lui que, des grands, la liste se termine.

Il ne me reste plus qu'à noter *Proserpine* [2]
Qui, changée en serpent, fit par un beau matin,
Expulser nos parents du céleste jardin.

III

MINISTRES

J'arrive maintenant aux figures sinistres
De ces premiers valets qu'on appelle ministres.

Sous la forme d'un paon, un enfant dans le bec,
C'est le grand chancelier, l'illustre *Adramelech* [3],

(1) *Baalberith*. Seigneur de l'alliance. Bouillet, *Dict. d'hist.*

(2) *Proserpine* (*Proserpere ramper*). Souveraine des esprits malins. On voit en elle le serpent funeste. (*Dict. inf.*)

(3) *Adrameleth*. Livre des Rois, IV, ch. 17, v. 31.

Il a, du haut conseil, aussi la présidence,
Et du garde-manger, la sévère intendance ;
De l'ordre de la Mouche, il est grand'croix ; il est
Quelquefois adoré sous forme d'un mulet.

 Astaroth[1] est grand-duc, il trône au ministère
Des finances, il tient en main une vipère,
Il sait tous les secrets du premier jugement,
Mais il fut condamné, dit-il, injustement ;
Sur un dragon hideux, aux enfers il chevauche,
Il empeste chez nous les maudits qu'il embauche.

 La police secrète a pour maître *Nergal*[2],
C'est lui qui, de l'enfer, rédige le journal ;
Il a l'œil aux aguets quand Belzébuth sommeille ;
Mais comme il est suspect, Lucifer le surveille,
Car dans ce pays-là comme dans celui-ci,
Les zélés, les flatteurs sont des traîtres aussi.

 Le général en chef de l'armée infernale,
L'illustre *Baal*[3], monte une noire cavale ;
Il était autrefois par les Juifs adoré,
C'est pour cela qu'il fut justement décoré.

 Léviathan[4] commande à l'onde souterraine,
Il arrête les flots qu'à son char il enchaîne,
Il est grand amiral, son nom Léviathan
Signifie en hébreu : Monstre de l'Océan.

---

(1) *Astaroth*. Richesses. Il tient à la main droite une vipère. Il est grand trésorier aux enfers. (*Dict. inf.*)

(2) *Nergal*. Livre des Rois, IV, ch. 17, v. 30. — Buxtorf, *Dict.*

(3) *Baal*. Livre des Rois, III, ch. 18. — Jérémie.

(4) *Léviathan*. Job, ch. 40-41. — Éliézer.

IV.

AMBASSADEURS

Chez les humains, l'enfer, ténébreuse puissance,
A ses ambassadeurs : c'est *Belphégor* [1] en France,
On orne ses autels d'ignobles résidus ;
Pour ses adorateurs, c'est le dieu *Crépitus.*
En Italie *Hutgin* [2], *Mammon* [3] en Angleterre ;
Ce dernier nous apprend qu'il faut creuser la terre,
Que la terre en son sein cache l'or et l'argent ;
De tous les démons, l'autre est le plus obligeant,
Car un Saxon jaloux qui partait en voyage,
Le prit pour surveiller son épouse volage ;
Au retour, Hutgin dit : « Je te rends ta moitié
» Saine et sauve, c'est vrai, mais de toi j'ai pitié,
» Car j'aime mieux garder tous les pourceaux du monde
» Que de rester près d'elle encore une seconde ! »
Pour prouver au Grand-Turc son amour paternel,
L'enfer a mis chez lui *Belial* [4] le charnel,

(1) *Belphegor.* Nombres, ch. 20-31. — Jesué, 22. — Saint Jérôme, sur les 4e
et 9e livres d'Osée. — Deutéronome, ch. 34. — Psaumes, 105.

(2) *Hutgin.* Wierus, *de præstigiis.* (*Dict. inf.*)

(3) *Mammon.* Richesses injustes. Saint Luc. — *Non potestatis servire Deo et
Mammonæ*, dit saint Mathieu, ch. VI, v. 24.

(4) *Belial.* Livre des Rois, II, ch. 16, Seméi appelle David vir *Belial.* — Saint
Paul. Saint Jérôme.

Ce démon débauché qu'on adore à Sodome,
Et qu'on voit au sérail et sous le toit de chaume.

    Rimmon[1] le médecin du prince ténébreux,
Le modeste Rimmon qui guérit les lépreux,
Représente l'enfer à la cour de Russie ;
Il passait à Damas pour le divin Messie.

    L'ambassadeur en Suisse, esprit fin qui connaît
Tous les secrets d'État, s'appelle *Martinet*[2].

    Du beau ciel andalou, *Thamuz*[3] goûte les charmes,
Il savoure les cris, les plaintes et les larmes
Qu'en ces lieux la torture arrache aux malheureux
Qui font dans les tourments de mensongers aveux.

V

JUSTICE

Le plus beau des démons, *Lucifer*[4], c'est tout dire,
Est le grand justicier de l'infernal empire ;
Malgré ses fonctions, on le voit souriant
A ses prêtres dévots, dans l'extrême Orient.

    Alastor[5] est armé d'un faisceau de couleuvres,
Il est l'exécuteur cruel des hautes œuvres ;

---

(1) *Rimmon*. Livre des Rois, IV, 18.
(2) *Martinet*. Démon familier, compagnon des magiciens. (*Dict. inf.*)
(3) *Thamuz*. Ses domaines sont les flammes, les grils, les bûchers. (*Dict. inf*)
(4) *Lucifer*, c'est-à-dire brillant. Le premier ange chassé du ciel. Isaïe.
(5) *Alastor*. Démon sévère. Zoroastre l'appelle le bourreau. (*Dict. inf.*)

Pour les pauvres humains, sans pitie ni sursis,
Il remplace entre temps l'horrible Némésis.

VI

MAISON DES PRINCES

Il faut tout visiter dans ces noires provinces
Et s'occuper un peu de la Maison des Princes.
　Sur son dos conservant et la selle et l'arçon,
Verdelet [1] surnommé parfois Saute-Buisson,
Qui transporte au Sabbat les sorcières jaunies,
Est maître du confort et des cérémonies.
　Succor-Benocth [2] est laid, repoussant et jaloux,
On ne le voit causer qu'avec des loups-garoux;
Ennemi du plaisir, c'est pour cela, peut-être,
Qu'il est le colonel des eunuques du maître.
　Chevalier de la Mouche, altier et courtisan,
Chamos [3] de Belzébuth est le grand chambellan;
Des enfants de Moab il faisait les délices,
Prenait part à leurs jeux et protégeait leurs vices.

(1) *Verdelet*. Il transporte les sorcières au Sabbat. (*Dict. inf.*)

(2) *Succor-Benocth*. Chef des eunuques de Belzébuth, démon de la jalousie
Dict. inf., et Dupuis, *Origine de tous les cultes*, t. 9, p. 192.

(3) *Chamos*. Nombres, ch. 21, v. 29. — Rois, III, ch. 21, v. 7. IV, ch. 23,
v. 12. Milton l'appelle l'obscène terreur des enfants de Moab.

Dans les enfers chacun recherche la faveur
De *Melchom* [1], car il est le trésorier-payeur ;
Là-bas comme chez nous, le vulgaire s'empresse
Auprès de celui qui tient les clefs de la caisse.

Ami des bons repas, le cuisinier *Nisrock* [2]
Songe, soir et matin, à bien garnir son croc ;
Près d'un réchaud fumant, ce démon fait l'office,
La fourchette à la main, du noble baron *Brisse* [3].

Démon stupide et lourd, qu'abrutit la boisson,
De l'enfer *Béhémoth* [4] est le grand échanson,
Et n'a d'autres soucis que les plaisirs du ventre ;
Job le compare au bœuf ruminant dans son antre.

Dagon [5] paisible et doux, en quête d'un métier,
Par ses confrères fut élu grand panetier.

Les Philistins s'étant, certain jour, rendus maîtres
De l'Arche du Seigneur, la firent par leurs prêtres
Transporter avec pompe en leur temple d'Azot,
Près de l'idole d'or de Dagon, mais bientôt
L'idole aux pieds de l'Arche, au milieu d'une fête,
Gisait sur le parquet, sans pieds, ni bras, ni tête !

Mullin [6] ne prend pas rang parmi les familiers,
Il est valet de chambre et cire les souliers.

---

(1) *Melchom*. Payeur des employés publics aux enfers. (*Dict. inf.*)

(2) *Nisrock*. Chef de cuisine chez Belzébuth. (*Dict. inf.*)

(3) *Brisse* (*le baron*). Célèbre gourmet parisien, auteur d'un menu par jour.

(4) *Béhémoth*. Job, ch. 40-41.

(5) *Dagon*. Juges, XVI, 2.30. Rois, I, 5.

(6) *Mullin*. Premier valet de chambre de Belzébuth. (*Dict. inf.*)

VII

MENUS PLAISIRS

Kobal[1] mord en riant, perfide mais folâtre,
Directeur général des farces du théâtre,
Il patronne la joie, et, pour ouvrir un bal
Aux palais infernaux, il ne faut que Kobal.
Des suppôts de l'enfer, l'un des plus redoutables,
C'est *Asmodée*[2] : il fait seul trembler tous les diables ;
Il est surintendant en chef des mauvais lieux,
Des bouges, des tripots et des maisons de jeux ;
Salomon qu'il brava, voulant faire un exemple,
Se fit aider par lui pour construire le Temple.
Délivré de ce joug, ce démon s'empara
Du corps infortuné de la pauvre Sara,
Et pour le déloger de cette femme aimée,
Le père Tobie eut recours à la fumée
Qu'il obtint en brûlant l'âcre fiel d'un poisson.
Raphaël mit alors Asmodée en prison.
Nybbas[3] le bateleur danse comme un artiste,
De la cour infernale, il est grand paradiste,

(1) *Kobal.* Directeur des farces de l'enfer ; il mord en riant. (*Dict. inf.*)

(2) *Asmodée.* Tobie, ch. 6, v. 19. Paraphrase chaldaïque sur l'Ecclésiaste.

(3) *Nybbas.* Grand paradiste de la cour infernale, où il est traité avec peu d'égards. (*Dict. inf.*)

Il veille aux visions ainsi qu'aux cauchemars,
Les autres, néanmoins, le traitent sans égards,
Car comme il est aussi surintendant des songes,
Ils ne trouvent en lui qu'erreurs et que mensonges.

Enfin, pour terminer, je vais, en dernier lieu,
Parler de l'*Antechrist*[1], nommé singe de Dieu.

Tyran cruel, impie, à la douce faconde,
Il viendra peu de temps avant la fin du monde
Accabler les humains des plus affreux malheurs,
Faire grincer des dents, faire verser des pleurs.
Ses actes seront grands et tiendront du prodige,
Si grands que les élus en auront le vertige,
Que les justes surpris ne le renieront pas
Et que le monde entier tremblera sous ses pas.

Énoch[2] ainsi qu'*Élie*[3], en ces temps de misère,
Pour convertir les Juifs, reviendront sur la terre,
Et l'Antechrist bientôt, connaissant leur dessein,
Ainsi qu'il est écrit, leur percera le sein.
C'est alors que le Christ, descendant sur le monde,
Écrasera le front de cette bête immonde,
Et les hommes verront, après mûr examen,
Que l'Antechrist était un imposteur. *Amen.*

---

(1) *Antechrist*. Isaïe, X, 4. Ézéchiel, XXXVIII-XXXIX. Daniel, VII-XII.
Apoc., XI. Saint Irénée, saint Ambroise, saint Augustin.

(2) *Énoch*. Genèse, V, 22-24. Ecclés., XLIV, 16.

(3) *Élie*. Rois, XI, 2. Ecclés., XLVIII, 1.

VIII

DANS LA FOULE

J'ai fini ; cependant j'ai dans mon répertoire
L'état nominatif, la curieuse histoire
De mille autres démons qui peuplent les enfers
Et que Belzébuth lance à travers l'univers.

Il en est un qui sut émoustiller la muse
D'Aristophane, c'est celui qu'on nomme *Empuse*[1].

Angat est exécrable, *Androalphus* est grand.
C'est le doux *Alpiel*, le Talmud nous l'apprend,
Qui préside aux fruitiers, *Alrinach* aux tempêtes,
Odin aux noirs corbeaux, *Amduscias* aux fêtes.
Surtur par une brèche au ciel pénétrera,
Quittant le pont *Bifrost*[2] qu'alors il brisera.

Du grand roi Salomon, selon les Clavicules,
Strugiel aux sorciers enseigne les formules.

Jadis à Babylone on vénérait *Pruflas ;*
Sous forme d'un hibou nous apparaît *Stolas*
Qui connaît ce que vaut la pierre précieuse.
Bucon rend jaloux l'homme et la femme haineuse.
Sitry revêt toujours la peau d'un léopard.
Forcas est chevalier, il est armé d'un dard.

(1) *Empuse*. Voir Aristophane, dans sa comédie *les Grenouilles*.

(2) *Bifrost*. On donne ce nom à un pont qui va de la terre aux cieux. Ce pont sera, à la fin du monde, brisé par le démon *Surtur*. (*Dict. inf.*)

Bune, démon puissant, hante les cimetières
Pour enlever, dit-on, les cadavres des bières.
Burgot loup-garou, fut en quinze cent vingt-un,
Brûlé dans Besançon avec Michel Verdun.
Lorsqu'il veut être aimé de la femme qu'il aime,
Le réprouvé s'adresse à *Brulefer* lui-même.
Devant *Amazarel* tout frémit et tout fuit,
C'est lui qui fait sonner les cloches à minuit.
Anamelech était aimé dans l'Assyrie.
Exorcisez *Buleth,* il arrive en furie.
Caprice singulier, *Clistheret* tour à tour
Nous fait du jour la nuit, et de la nuit le jour.
Scox évoqué paraît sous forme de cigogne,
Et *Raum* vient en corbeau rongeant une charogne.
Monté sur un chameau qui lui sert de cheval,
Paymon a pour valets *Abalam* et *Bébal.*
Gaziel tapageur, agitant des clochettes,
De son souffle puant réveille les squelettes.
Oray, marquis superbe, anime les combats ;
Le plus grand des devins est le prince *Orobas.*
Caïm porte à la main une longue flamberge.
Sur les tombeaux, la nuit, *Bifrons* allume un cierge.
Lorsque *Satan* conçut son projet criminel,
Xaphan qui proposait d'incendier le ciel,
Fut culbuté soudain au fond du noir abîme
Où les feux éternels lui rappellent son crime.
Uphir est un chimiste, *Valafar* un devin.
Zagam, taureau-griffon, change l'eau pure en vin.
Ukobach entretient l'infernale chaudière.
Tympanon est la peau de bouc d'une sorcière.

L'enfer des Indiens s'appelle *Patala*,
Et l'un des plus adroits démons, c'est *Vapula*.
Thor, le dieu des Germains, tient en ses mains des flammes.
Zéphar excite l'homme aux passions infâmes.
Ipès commande en chef trente-six légions
De démons, rugissant sous des peaux de lions.
Chez les Francs, nos aïeux, on redoutait les *Stryges*,
Qui mangeaient les vivants et faisaient des prodiges.
    Enfin d'autres démons qui grouillent dans l'enfer,
Ronwe, Zozo, Mimi, Crapoulet, Alfader,
Andras, et cætera, se pressant sous ma plume,
Pourraient facilement remplir un gros volume ;
Je les vois dans l'enfer, l'un sur l'autre entassés,
Mais j'entends le lecteur qui me dit : C'est assez [1].

---

(1) Il eût été oiseux de corroborer par une note les attributs de chacun des démons compris dans cette VIII⁰ partie ; le lecteur trouvera dans le *Dictionnaire infernal* toute justification à ce sujet.

TRADUCTION

LITTÉRALE ET AUTORISÉE DU PORTRAIT DE

M. THIERS,

Par TIMON (de Cormenin), en 1844.

AU LECTEUR.

J'ai souvent fait mes délices du livre des orateurs, par Timon, et j'ai toujours éprouvé un grand charme à lire et à relire les portraits de nos orateurs contemporains.

Le plaisir que j'éprouvai à la lecture de ce livre devint si vif, que je pris un jour la détermination d'en faire la traduction en vers français.

C'était une singulière idée ; jamais mes vers n'approcheraient de l'élégance ni de la pureté de style de l'auteur, auquel je ne pouvais avoir la prétention ridicule de me substituer, et bien certainement le lecteur préférerait la prose si belle et si riche d'images du maître, à la pâle traduction en mauvais vers de l'écolier.

D'ailleurs, tant d'années se sont écoulées depuis que ce livre a vu le jour, que les portraits qui passaient alors pour ressemblants, pourraient bien être considérés maintenant comme des caricatures, et que les passions et les opinions qui nous émouvaient tant autrefois ne feraient plus que nous endormir aujourd'hui.

N'importe, une fois l'idée conçue, je voulus la réaliser, ne fût-ce que par distraction ou par entêtement.

Je savais parfaitement que j'allais faire une œuvre inutile, surannée, et qui ne serait lue par personne, que je ne saurais embellir ces portraits d'une touche si délicate; rien n'y fit, j'ouvris le livre au hasard, et je tombai sur le portrait de l'illustre M. Thiers.

Ma détermination fut prise aussitôt; je me promis à moi-même de traduire ce portrait, et j'exécutai ma promesse.

Je n'avais pas à prendre la responsabilité des opinions de l'auteur au sujet du modèle; je n'avais ni à louer, ni à blâmer, ni à critiquer, ni à apologiser, ni à ajouter, ni à retrancher; mon rôle était plus simple et plus modeste : soumettre aux règles fixes de la poésie, sans aucune prétention au mérite littéraire, une prose d'une richesse d'expressions et d'une élégance admirables.

Je pris donc l'œuvre telle qu'elle est sortie des mains de l'auteur, sans m'attribuer le droit de la juger au point de vue des idées, sans omission, addition ni transfiguration, et je la fis plier sous le joug des lois métriques, en conservant, autant que possible, toutes les expressions les plus caractéristiques qu'elle renferme.

Je voulus être exact, et copier servilement l'original sans m'occuper des images et des fleurs qui pouvaient colorer la composition poétique.

Telle a été ma pensée unique en entreprenant cette traduction.

Ai-je réussi? Le lecteur en jugera.

F. C.

M. THIERS.

———~~~~~———

*Neque ullum ingenium tantum
exstitisse, ut quem res nulla fugeret,
quisquam aliquando fuisset.*

Il n'a jamais existé un génie assez
puissant pour que rien ne lui échappât.

CICERO, *de Rep.*

Monsieur Thiers ne fut pas bercé dans sa jeunesse
Sur les nobles genoux d'une grande duchesse.
  Né pauvre, pouvait-il demeurer pauvre ? Oh ! non.
Né de parents obscurs, il lui fallait un nom.
Avocat, au Palais faisant triste figure,
Il quitta le barreau pour la littérature,
Et par nécessité plus encor que par goût,
Au parti libéral il livra son va-tout.
Puis alors il se mit, jouant à qui perd gagne,
A faire la courbette aux gens de la Montagne ;

Et dans son fanatisme il devint tout de bon
L'admirateur fervent des *vertus* de Danton.
Dévoré de besoins, il entra chez Lafitte,
Et dut, sans que cela pût ternir son mérite,
Son aisance première à cet homme excellent,
Mais ses premiers succès à son propre talent.

Cependant monsieur Thiers, sans le coup de tonnerre
Qui jetait en trois jours un vieux trône par terre,
Malgré tout son talent, eût-il jamais été
Eligible, électeur, ministre, député,
Académicien? Non. On l'eût vu peut-être
Vieillir en arrosant des fleurs à sa fenêtre.

Il changea depuis lors de rôle et de couleurs ;
Du roi Louis-Philippe il brigua les faveurs,
Et, souteneur ardent de tous les priviléges,
Enfant dénaturé, sa main tendit des piéges
A celle qui l'avait jusqu'alors allaité,
Sa mère nourricière, hélas, la Liberté !

Donneur, exécuteur d'ordres impitoyables,
Fier, il contresigna tous les actes coupables.
Le peuple suppliant invoquait-il son nom?
Au peuple il répondait par la voix du canon.
Il ôta la parole à la presse proscrite,
L'état de siége fut son arme favorite,
Il en dota Paris ; il mitrailla Lyon
Et démoralisa toute la nation.
Transnonain nous rappelle un souvenir sinistre
A tout jamais gravé sur son front de ministre.
Aux embastillements il prêta son appui ;
Mille hideuses lois se dressent contre lui.

Crieurs publics, journaux, gardes nationales
Passèrent sous son joug. Et ses cours prévotales
Remplaçant le jury, rivèrent au boulet
La révolution si pure de Juillet.
    Tous ses meilleurs amis, ceux de la première heure :
Lafitte, Armand Carrel, Gauja, Dupont de l'Eure,
Il les a quittés tous. Pour monter au pouvoir,
Il laissa là sa plume et prit un encensoir ;
Il jeta son drapeau libéral aux orties,
Et de Louis-Philippe il eut les sympathies.
Mais aux mains de son maître, il fut tout simplement
Un servile laquais, un flexible instrument;
Instrument qui, souvent, blesse qui l'utilise,
Mais qu'on peut, en tous temps, employer à sa guise :
Bon à tout, propre à tout, qu'on dédaigne fort, mais.
Qui plie à volonté sans se rompre jamais !
    Le ministre qui sort de l'aristocratie
Tient au plus haut degré l'art de la flatterie,
Mais dans le caractère il a plus de raideur,
Quoiqu'à genoux, il sait demeurer grand seigneur.
Il s'entend à courber et la tête et l'échine
En gardant la fierté de sa noble origine ;
En deux il se pliera près d'une Majesté,
Mais il conservera toute sa dignité,
Et s'il a ramassé le chapeau de ses maîtres,
Il se relèvera grand comme ses ancêtres.
Il s'estime au-dessus des plus brillants emplois,
Et comme un gentilhomme il traite avec les rois.
Aussi soit par instinct ou tout autre mobile,
Le roi qui veut avoir un ministre docile,

Soumis, obéissant, prendra plus volontiers
Au lieu d'un grand seigneur, un bourgeois comme Thiers,
Si le premier doit être un serviteur fidèle,
Dans l'autre il trouvera, des laquais le modèle.

S'il se rencontre donc qu'un homme né de peu,
Sans famille, sans nom, sans foi, ni feu, ni lieu,
Mais rempli de talent, de zèle et d'aptitudes
Ait fait avec éclat les meilleures études,
Et sans moralité, grâces à son savoir,
Ait, en rampant, gravi les marches du pouvoir,
Lorsque de ce pouvoir il atteindra le faîte,
Son élévation lui tournera la tête.
Comme il est isolé, lui petit parvenu,
Sur les hauteurs où, pauvre, il s'est hissé tout nu,
Soutenu par l'intrigue, aidé par son courage,
Bravant tous les dédains, seul et sans entourage,
Sans conseils, sans amis, sans secours, sans appui,
Il voit que chacun fait le vide autour de lui.
Comme il n'est plus du peuple et qu'il n'en peut plus être,
Puisqu'aux yeux de ce peuple, il passe pour un traître,
Qu'il ne peut, quoi qu'il fasse, entrer avec honneur
Chez les nobles, n'étant noble ni grand seigneur,
Qu'il est chassé par l'un et conspué par l'autre,
Il faut bien qu'à la fin le malheureux se vautre
Dans la fange, à plat ventre, et quitte son emploi
Pour lécher les talons des bottes de son roi.
Plaire à son maître, alors, est son unique étude,
Il veut par tous moyens prouver sa servitude,
Il dépose à ses pieds son humble dévouement,
S'il faut partir, il part ; s'il faut mentir, il ment.

Ce personnage, alors, traîne sa lourde chaîne
Comme un prédestiné parqué dans la géhenne,
Quand il a fait un pacte avec l'ange déchu
Qui le marque à l'épaule avec son doigt crochu.
Pour quelques galons d'or, par un trafic infâme,
Il a livré son corps, il a vendu son âme ;
Et s'il veut faire un pas pour briser ses liens,
« Halte-là ! dit Satan, reste, tu m'appartiens. »
Courez, ô mon pinceau ! que rien ne vous arrête,
Il m'importe fort peu que ma toile soit prête.
Je laisse de côté l'équerre et le compas,
Car les règles de l'art, je ne les suivrai pas.
Je vais tout simplement passer dans mon cylindre
L'illustre Monsieur Thiers, le poser et le peindre
Comme il parle, moins bien qu'il ne parle, voulant
Le faire à son image et surtout ressemblant.
Eh bien ! pris en détail (je veux être sincère)
Monsieur Thiers a l'œil vif, le front large et sévère,
Le sourire malin, le geste dégagé,
Mais à l'aspect il est vulgaire et négligé ;
Il a dans le babil un peu de la commère
Et c'est, dans son allure, un gamin qui veut plaire.
Sa voix est nazillarde et d'un fort mauvais ton ;
Dans la tribune il est caché jusqu'au menton,
Et quand de temps en temps il se dispose à boire,
Son verre le dérobe aux yeux de l'auditoire.
Il convient d'ajouter que personne aujourd'hui
Ne saurait croire en lui, ni lui, ni surtout lui.
Il est disgracieux, de lui l'on se défie,
Amis comme ennemis, mais sa philosophie

Ne l'abandonne pas ; s'il a tout contre soi,
Il monte à la tribune et s'y cramponne en roi ;
Et quand ce petit homme est là, défend sa thèse,
Il s'y pose si bien, s'y met si bien à l'aise,
Y fait couler à flots tant d'esprit, tant d'esprit,
Que chacun, malgré soi, l'écoute et l'applaudit.

    Aux grands jours vers l'estrade, alors qu'il se dirige,
Il tient la tête basse, avance sans prestige,
Monte ; mais quand enfin il a pu s'installer,
Que le silence est fait, qu'il commence à parler,
Sur les pieds il se dresse, il relève la tête,
Il se campe en lutteur provoquant la tempête,
Le geste menaçant, le front haut, l'œil en feu,
Ce nain disgracieux devient un demi-dieu ;
De tout son auditoire il s'empare d'emblée,
Sa parole domine et charme l'assemblée.

    « Permettez, » c'est ainsi qu'il commence toujours
Tous les alinéas de ses nombreux discours ;
Ou bien : « Pardon, Messieurs, » cependant je soupçonne
Qu'il croit n'avoir besoin du pardon de personne,
Mais dans la Chambre on voit tant de gens vaniteux,
Qu'il faut que l'orateur se fasse humble avec eux ;
Cette locution lui permet de tout dire,
D'étriller l'auditeur qui ne fera qu'en rire ;
De toute impertinence elle est le passeport,
Elle réveille un sot orgueilleux qui s'endort.

    Quand Monsieur Thiers commande, on dirait qu'il supplie ;
Il n'a pas de Dupin l'éclair de la saillie,
Le piquant de Berryer, ni d'Odilon Barrot
L'accent doctoral, ni la raison de Guizot ;

Du caustique Mauguin la parole mordante,
Ni du moelleux Sauzet l'éloquence ondoyante.
C'est un talent à part que personne, aujourd'hui,
Ne saurait imiter, personne excepté lui.
Ce n'est pas du discours, c'est de la causerie,
Mais de la causerie animée et fleurie,
Volubile, brillante, égrillarde et qui suit
Sans peur et sans soucis les caprices du bruit.
Elle vole au hasard du despote à l'esclave,
Libre, désordonnée, elle est légère ou grave,
Mais elle est parsemée en mille endroits divers
D'anecdotes que seul possède Monsieur Thiers,
De bons mots, de lazzis, à travers le mirage
D'une belle pensée et d'un noble langage.
Tout cela nous est dit coupé, lié, brisé,
Délié, recousu, discuté, proposé,
Avec le tact parfait, l'adresse incomparable
D'un orateur qui sait jouer cartes sur table.
La phrase naît si vite en cette tête-là
Que toujours elle est prête à dire : « Me voilà. »
Comme un emporte-pièce elle fait une issue
Et semble être enfantée avant d'être conçue.
A tout ce que débite et de fiel et de miel,
Pendant une heure ou deux, ce nain spirituel,
Aux badauds ébahis qui l'écoutent sans rire,
Les poumons d'un géant ne pourraient pas suffire.
La nature toujours pleine d'attention
A voulu concentrer, par compensation,
Dans son cerveau mesquin, l'éloquence abondante,
Dans son frêle larynx, la voix la plus puissante.

Son verbe, comme l'aile agile de l'oiseau,
Vole en sifflant vers vous et vous perce la peau ;
De ses traits acérés vous sentez la piqûre,
Mais vous ne savez pas d'où vous vient la blessure.

On trouve en ses discours, même les moins mauvais,
Cent contradictions qui choquent, mais jamais
Il ne vous laissera ni le temps ni la place
De les lui signaler ni d'en suivre la trace.

Il ne prendra jamais les chemins les plus courts,
Pour arriver au but il choisit les détours ;
Dans les sentiers perdus son discours s'enchevêtre,
Et nul autre que lui ne peut s'y reconnaître.

La question vidée, on pense que c'est tout ;
Mais non : il la reprend, lui, par un autre bout ;
Le charme de sa voix et les raisons qu'il donne
Font qu'il parle toujours sans ennuyer personne.

On ne saurait en rien le trouver en défaut,
Vous n'aurez avec lui jamais le dernier mot ;
Fécond dans la réplique et fécond dans l'attaque,
Il sait, à volonté, retourner sa casaque.
Il dira blanc ou noir selon ses intérêts ;
Qu'il proclame la guerre ou qu'il prêche la paix,
Sa logique n'est pas toujours la plus nerveuse,
Mais elle est la plus souple et la plus spécieuse.

Alors qu'on l'interrompt, il s'arrête et parfois
Il choisit prestement au fond de son carquois
Un trait mordant qui vole épingler à sa place,
Le pauvre interrupteur qui lui demande grâce.

Dans une théorie à double face, on sait
Qu'il choisira toujours la face qui lui plaît,

Soit que l'une soit fausse et que l'autre soit vraie.
Il ne sépare pas le bon grain de l'ivraie,
Il mêle tout, il groupe, il brouille tout si bien
Avec ses gobelets comme un magicien,
Il se résume enfin dans un si beau langage,
Que vous n'attrapez pas le sophisme au passage.
Le désordre de ses improvisations,
La divergence de ses propositions,
L'incohérent fouillis, le bizarre mélange
Des projets qu'il produit, qu'il retire et qu'il change
Sont-ils (qui le dira ?) les enfants du hasard,
Ou sont-ils un effet merveilleux de son art ?
Quand on lit ses discours livrés à la critique,
On peut fort bien prouver qu'il blesse la logique ;
Mais il n'est pas facile à qui va l'écouter
De prendre la tribune et de le réfuter.
C'est le plus amusant des roués politiques,
Le plus hargneux lutteur des sophistes comiques ;
Il est le plus subtil de tous les bateleurs,
Paillasse, il sait sauter sous toutes les couleurs ;
Il flatte avec son ongle, il griffe sans rancune,
Pour tous, c'est l'amusant *Bosco* de la tribune.
   « Je vous prie et supplie, ayez donc la bonté,
» Messieurs, de me laisser dire la vérité, »
S'écriera-t-il souvent. — Dites-nous-la sans rire,
Mais ne dites pas tant que vous allez la dire.
   Téméraire d'abord, il court, il veut agir,
Puis timide, en un coin il cherche à se blottir.
Le voilà de nouveau qui s'élance ; il se fâche,
Parle haut, puis enfin tout-à-coup il se cache

Dans sa force, dit-il. Il connaît chaque point
Des difficultés, mais il ne les résout point.
S'il vous parle du ciel, de la terre et de l'onde,
Croyant entre ses mains prendre une mappemonde,
Il prendra par mégarde une urne de scrutin,
Puis il prolongera son cours jusqu'au matin.
Il s'agite, il s'avance, il vogue à toutes voiles,
Du noyau de la terre au séjour des étoiles ;
Pièce à pièce il démonte à son gré l'univers,
Il va d'un pôle à l'autre, il fouille dans les airs,
Visite l'Océan, les montagnes, les grottes,
Des pays inconnus il relève les côtes,
Des limites du monde il indique les seuils,
Signale les bas-fonds, les caps et les écueils ;
Il nous montre les ports, l'embouchure des fleuves,
Et de tout ce qu'il dit, il établit les preuves.
Puis, quand du monde entier il aura fait le tour,
Et que chez lui, chez nous, il sera de retour,
Il aura beaucoup vu, parlé beaucoup, et même
Très-longtemps voyagé, peu marché, mais il aime
A pouvoir démontrer aux auditeurs surpris
Qu'il sait parler de tout, mais qu'il n'a rien appris.
    Que la Chambre propose un jour à ce pygmée
De monter à cheval pour commander l'armée,
Il se croira plus grand que Jupiter-Ammon,
Très-heureux d'accepter ; et moi, foi de Timon,
Je pense qu'il saurait affronter la mitraille
Et qu'il pourrait très-bien gagner une bataille.
J'ai moi-même entendu, je puis vous l'affirmer,
De très-bons généraux qu'il avait su charmer

Dire sincèrement, sans vouloir en démordre,
Qu'ils seraient très-heureux de servir sous son ordre.
   Vous riez... mais je parle avec sincérité,
Et je tiens pour certain que s'il avait été
Un peu plus haut de taille, et s'il avait su faire
La charge en douze temps, il serait militaire ;
Et petit caporal, singeant Napoléon,
Il aurait su gagner sa place au Panthéon.
   Alors qu'à la tribune, il vient plein d'énergie
Manœuvrer et nous faire un cours de stratégie,
Et conduire les Grecs sous les murs d'Ilion,
Oh ! ne le tirez pas de son illusion,
Car c'est de bonne foi qu'il se croit et s'estime
Non simple général, mais généralissime,
Au besoin amiral. Marins, vous souvient-il
Que pour aller d'Athène aux rivages du Nil
(La main dans le gilet, l'œil fixé sur la carte,
Comme s'il prétendait imiter Bonaparte)
Il a fait revenir notre flotte à Toulon
Pour l'avoir toute prête au bout de son lorgnon ?
Une autre fois à Soult, il dit plein d'assurance :
« A Gênes, ce n'est pas par la porte de France
» Que vous êtes sorti. Vous et tous vos soldats,
» Vers les rives du Tibre avez tourné vos pas.
» Et puis, mon général, la mémoire vous manque,
» Quoi que vous en disiez, sachez qu'à Salamanque,
» C'est à la jambe gauche et non au mollet droit
» Que vous fûtes blessé, chacun s'en aperçoit. »
Involontairement, le vieux Soult s'en assure
En mettant aussitôt le doigt sur sa blessure.

Quelquefois sur lui-même il semble s'attendrir,
Nul ne pratique mieux l'art de s'évanouir ;
Il pleure sur la France, il pleure sur l'Europe,
Et voulant se donner des airs de misanthrope,
Il tire de son cœur un long gémissement
Sur les perversités des hommes du moment.
Il fait, quand il le veut, le câlin à merveille,
Et si vous ne voyez passer le bout d'oreille,
Lorsque timidement il vous approchera,
Au lieu de caresser, le traître griffera.

S'il se tient en arrêt près du pouvoir qu'il aime,
Ce n'est pas, paraît-il, pour le pouvoir lui-même ;
Mais c'est pour le bien-être et les moments heureux
Que le pouvoir procure à l'homme ambitieux.
Guizot en a l'orgueil, Thiers le sensualisme,
Il le lèche, il l'adore, il l'aime avec cynisme ;
Aussitôt qu'à deux mains il s'en est emparé,
Il s'y cramponne, et comme il fut longtemps sevré
Des biens de la fortune, il en est fanatique,
Il a, pour s'en gorger, l'ardeur d'un famélique.

C'est un démon d'esprit, car il en a, je crois,
Dans tous les coins, partout jusques au bout des doigts ;
Sa nature ressemble à celle de Voltaire :
Délicate, mobile, ardente, atrabilaire.

Il est comme un enfant mutin, capricieux,
Et comme un philosophe, il est prétentieux.

Prenant Machiavel et Talleyrand pour maîtres,
Il est homme d'État, mais moins qu'homme de lettres,
Homme de lettres moins qu'artiste ; en vérité,
Un vase grec lui plaît plus que la liberté.

Ministre, ses desseins sont larges et fertiles,
Comme une femme, il a l'audace des vétilles.

Son courage est un peu le courage des gens
Frêles et maladifs, fébriles et changeants,
Courage à soubresauts des femmes vaporeuses,
Qui toujours se transforme en attaques nerveuses.
Mais ces crises pour rire, il ne les faut avoir
Que dans un tête-à-tête, assis dans un boudoir.
Un ministre prudent ne doit, en politique,
Jamais s'évanouir dans un moment critique.

Sémillant orateur et ministre incertain,
Un jour souple et servile, un autre jour hautain,
L'action le rend froid et le cloue à sa place,
Tandis que la parole échauffe son audace.

L'enthousiasme ardent qu'il avait autrefois
Pour les tribuns fameux qui chassèrent les rois,
Etait l'enthousiasme équivoque, éphémère
D'un fougueux écolier qui cherche une carrière,
Et qui joint le dépit d'être encore un gamin
Au vif et vague espoir de faire son chemin.
Mais l'abus déréglé qu'il fit des jouissances
Du ministère où vont s'engouffrer nos finances,
Lui fit perdre le fruit des frugales vertus
Que semblaient pratiquer nos modernes Brutus.
Il descendit alors au galop des mansardes
Sans même s'arrêter pour ramasser ses hardes ;
Quatre à quatre il courut comme un gueux anobli
S'installer au salon de l'hôtel Rivoli.
Lui qui ne s'est jamais assis que sur la paille.
Sur les sofas dorés il se prélasse, il bâille

Il reçoit ses flatteurs, grand seigneur par instinct,
Comme d'autres le sont de par un parchemin.
  Ministre ou non, en France ou même hors de France,
Il se drape toujours dans la même arrogance ;
Cependant s'il voyage en simple citoyen
Soit pour notre plaisir, soit plutôt pour le sien,
Il devrait sous le bras emporter son bagage
Ainsi qu'un bon bourgeois, sans faire de tapage,
Surtout sans afficher à travers l'univers
Que tel jour, à telle heure, on verra Monsieur Thiers ;
Car il est de bon goût que les montreurs de bêtes,
Les arracheurs de dents opérant dans les fêtes,
Les princesses du sang, les actrices aussi
Soient seuls autorisés à s'annoncer ainsi.
  Jadis quand nous vivions sous les lois féodales,
De ses seigneurs, le peuple embrassait les sandales,
Les Maires apportaient, les Echevins aussi,
Aux ducs de Montbazon et de Montmorency,
Dans des plateaux d'argent, les clefs de leurs bourgades ;
Maintenant nous menons nos soldats aux parades,
Nous frétons nos vaisseaux et nous les pavoisons
Pour des Montmorencys et pour des Montbazons
Dansant sur les tréteaux, braillant à la basoche,
Et qui feraient rougir les ducs de vieille roche.
Il ne leur manque plus que valets à pourpoint,
Qu'écuyers soutenant des faucons sur le poingt,
Gentilshommes d'honneur, mignons, servants et pages,
Et flatteurs leur offrant de serviles hommages.
  Soit par insouciance ou par tempérament,
Par amour de la gloire ou du commandement,

Monsieur Thiers est en tout profondément sceptique :
En croyance, en morale, en mœurs, en politique ;
Et le bien et le mal, et le laid et le beau,
Pour lui quand il s'en sert, sont au même niveau.
Il couvre du mépris de son rire cynique
Celui qui se dévoue à la chose publique.
C'est vraiment une étoffe à mille et mille fleurs,
Reflétant au soleil ses brillantes couleurs,
Et qui, pourtant, n'a pas de couleur saisissable :
C'est une énigme écrite en plein vent sur le sable,
C'est un tissu très-fin sans endroit, sans envers,
Si peu serré qu'on peut voir le jour à travers.
     Ne lui demandez pas des principes, il doute,
Ni des convictions, son esprit les redoute.
Il est piquant, taquin, mordant et médisant,
Dites-vous ; pourquoi pas, tout lui paraît plaisant.
Il griffe tout le monde, il berne son époque,
Pourquoi pas, puisqu'aussi de lui-même il se moque.
     On peut lui confier, quand on le juge bon,
Les clefs du Luxembourg ou du palais Bourbon,
Lui donner tour-à-tour les divers ministères ;
Marine, Intérieur, Affaires Étrangères,
Mais il faut se garder de jamais confier
Les clefs de nos trésors à ce grand dépensier ;
L'or coule dans ses mains comme une onde limpide,
Plus une caisse est pleine et plus vite il la vide ;
A la facilité de dépenser l'argent
Il joint, pour rendre compte, un mode intelligent
Propre à lui, qui n'est pas celui de tout le monde ;
Spirituellement, dans sa verve féconde,

Il appelle cela (sans vouloir nous tromper)
Faire des chiffres ronds et savoir les grouper.

On ne saurait au juste, en mesure métrique,
Jauger de Monsieur Thiers l'appétit politique,
Mais j'affirme qu'il fut et serait cent fois plus
Un grand consommateur et d'hommes et d'écus,
De chevaux, de canons, de navires, de poudre
Et de matériel, s'il avait à résoudre
Quelque grave conflit ; ou, le cas échéant,
S'il avait à combler quelque gouffre béant.
A voir ce petit homme, on ne saurait pas dire
Que plus qu'un autre il a l'estomac d'un vampire,
Mais ce Gargantua (sans sauce et sans apprêt)
Peut en une bouchée avaler le budget.

Il est tout à la fois un ministre flexible,
Tenace, indifférent, patient, irascible ;
Il ne cède jamais que pour mieux retenir,
S'il recule d'un pas, c'est qu'il veut revenir ;
S'il donne un peu, c'est qu'il désire de tout prendre,
Et quand il flatte, il faut penser à se défendre.
Quelquefois il vous fait une concession,
Mais alors il y met une condition :
Choisissez, dira-t-il, le blanc, le gris, le rose,
Pourvu que vous preniez le noir que je propose.

J'aime ce discoureur au geste naturel,
Vif, à la libre allure, élégant, plein de sel.

Il converse avec moi, jamais il ne déclame,
Sa phrase dans le joint entre comme une lame ;
Il ne récite pas sur un ton doctoral
Comme un frère prêcheur du parti doctrinal ;

A la fin son babil m'étourdit, il jacasse,
Mais c'est un gazouillis charmant qui me délasse,
Qui peut avec le temps finir par m'assourdir
Sans jamais m'ennuyer ni jamais m'endormir.
Sa diction facile est faite pour me plaire,
Elle éloigne de moi, martyr parlementaire,
L'ennui que je subis alors que par devoir,
J'écoute un orateur du matin jusqu'au soir.

Il fait plus qu'émouvoir, il plaît, il intéresse,
Il convainct, il distrait, il amuse sans cesse
Un peuple jovial qui veut que le discours
D'un orateur l'amuse, et l'amuse toujours.
Soit qu'il parle d'Anvers, d'Ancône ou du Bosphore,
L'orateur est tenu de l'amuser encore.

Il trouve sur sa voie, épars à chaque pas,
Des coraux, des brillants, des perles, des grenats,
Des rubis qu'il ramasse, et des fleurs qu'on lui donne,
Des émaux qu'il polit, des bijoux qu'il façonne,
Et qu'il nous distribue avec l'autorité
D'un pédagogue fier de sa fécondité.

Sans fatigue il produit, sans effort il médite,
Marcheur infatigable et voyageur d'élite,
En une heure il nous fait parcourir l'univers,
Célébrer nos succès et pleurer nos revers.
Son esprit est si vif que c'est à n'y pas croire,
Tous les faits sont si bien classés dans sa mémoire,
Avec tant d'art, tant d'ordre et de précision,
Qu'il les prend sans erreur et sans confusion.
Beaucoup cherchent en vain la nature rebelle ;
Gracieuse, elle vient à lui sans qu'il l'appelle,

Avec toute sa pompe et toute sa beauté,
Sa parure éclatante et son rire enchanté.
Avez-vous vu parfois sur un bateau qui passe,
Cette glace appendue où se mire l'espace ?
Tandis que ce bateau sillonne et fend les flots,
Elle reflète et voit fuir les gais matelots,
Les arches des grands ponts, les verdoyants rivages,
Les forêts, les châteaux, les bourgs et les villages,
Les églises aussi sous leurs clochers pointus,
Les prés semés de fleurs et les monts chevelus,
Les voiles des bateaux aux vergues frémissantes,
Les grappes sur les ceps, au soleil brunissantes,
Les nuages au ciel, les troupeaux aux vallons,
Les hommes à leurs seuils et les bœufs aux sillons :
C'est bien là Monsieur Thiers. Miroir parlementaire,
Il met en scène ceux qui cherchent le mystère ;
Sans passions lui-même et sans émotions,
Il reflète au grand jour toutes les passions ;
Il se lamente, il pleure, il gémit, il s'alarme,
Mais dans ses yeux en vain vous cherchez une larme ;
De honte et de douleur il se perce le flanc
Sans que cela produise une goutte de sang.
Ces grimaces-là sont de la palinodie,
Mais quel comédien et quelle comédie !
Quel geste naturel ! quelle vivacité !
Quelles inflexions ! quelle dextérité !
Quelle verve ! quel ton ! quel art ! quelle souplesse !
Quel regard ! quelle voix flatteuse, enchanteresse !
Quelle parole vive ! et quels efforts heureux !
Enfin quelle lumière en ce style nerveux !

Acteur, vous me trompez, mais j'aperçois la ruse;
Vous voulez me tromper, eh bien! cela m'amuse,
Vous jouez votre rôle admirablement bien;
Mais je ne vois qu'un rôle et qu'un comédien :
Je connais tout cela, cependant je me laisse
Et séduire et ravir par votre voix traîtresse;
Quand vous parlez, je cède à la séduction
Et mon âme s'enivre en son illusion;
Vous possédez si bien le charme qui me touche
Que j'aime beaucoup mieux l'erreur dans votre bouche
Que la vérité même en la bouche d'un sot
Qui monte à la tribune et m'endort aussitôt.
   Qu'il fut beau dans son rôle au sujet des Bastilles!
J'ai du palais Bourbon vu les luttes stériles;
J'ai vu ce que l'on fit de mieux en opera,
En vaudeville, en bouffe, en drame *et cœtera*,
Mais je dois l'avouer, la plus mirobolante
Mystification, la plus désopilante
Farce, fut de forcer les députés surpris
A voter qu'il fallait fortifier Paris.
Le meilleur des acteurs que la scène possède,
Non, ne joua jamais de plus fol intermède;
Il fut tout à la fois caressant et mordant,
Ingénieux, flatteur, humble, fier et pédant;
Artiste il se drapa, se grima dans son rôle,
Français, il compara Paris au Capitole
Avec tant d'à-propos, tant d'adresse, tant d'art,
Que chacun oublia que c'était un bavard.
Les spectateurs venus pour le siffler quand même,
Le combattre à tout prix et crier anathème,

Stupéfaits, ébahis, en l'entendant parler,
L'applaudirent en chœur au lieu de le siffler !
Parfaitement joué, par ma foi, je l'avoue,
Lorsqu'on veut réussir c'est ainsi que l'on joue.
Il prestidigita si bien qu'il endormit
La Chambre tout entière, et qu'ensuite il la mit
Dessous son gobelet, ainsi qu'une muscade ;
Et quand il eut enfin terminé la parade,
La Chambre n'était plus dessous le gobelet,
Le vote restait seul, et le tour était fait.

Monsieur Thiers m'a jadis souvent donné l'idée
D'une femme sans barbe, alerte, décidée,
Spirituelle, instruite, et qui tricote ou coud,
Assise à la tribune au lieu d'être debout,
Ou qui, tout en rêvant, brode une causerie
Sur cent sujets divers, mais sans forfanterie,
Voyageant d'un sujet vers un autre sujet
Comme le papillon, de la rose à l'œillet,
Et sans que le travail de son intelligence
A sa lèvre jamais dise ce qu'elle pense.

Plus souple qu'un ressort de l'acier le plus fin,
A sa guise il se tend et se détend sans fin ;
Il s'abaisse, il s'élève, il gémit, il roucoule,
Autour de son sujet, en spirale il se roule
Comme un petit serpent, du tronc jusqu'au sommet ;
Il descend, il remonte, il menace, il promet,
Il se lamente, il rit, il est brave, il est lâche,
Il se montre au grand jour ou dans l'ombre il se cache,
C'est l'agile écureuil ou le prudent furet
Qui, vingt fois dans un jour, paraît et disparaît.

Lors du premier rayon de soleil qui se glisse
Par les vitraux du cintre, il quitte la coulisse ;
Chasseur intelligent, il prépare aussitôt
Le filet le plus propre à tromper un badaud.
Il connaît la vertu de son prisme à facettes,
Il le fait miroiter aux yeux des alouettes
Parlementaires, qui voltigent à l'entour
Sans voir tout à côté la griffe du vautour.

S'il frappait le rocher de sa verge magique
Comme le fit jadis le prophète biblique,
Un prodige éclatant se produirait encor :
De la source étonnée, on verrait jaillir l'or !
Pour lui rien n'est stérile, il fait une ample gerbe
Où d'autres ont grand peine à glaner un brin d'herbe.

Il est brillant, pimpant comme le vermisseau
Qui glisse en tournoyant sur le miroir de l'eau ;
Avec aisance il bat de l'aile, il se déploie,
Simulant tour à tour la douleur et la joie ;
Il sait se nuancer d'azur, de pourpre et d'or,
Où grouille la misère, il découvre un trésor.
Il ne converse pas, il roucoule, il badine,
Il ne badine pas, il gazouille, il serine,
Il ne serine pas, il siffle ; mais il est
Si riche de couleur et d'accent, qu'on ne sait
Ce qu'il faut admirer le plus du personnage,
Ou sa mielleuse voix, ou son brillant plumage.

Donnez une heure ou deux de préparation
A Monsieur Thiers, avant une discussion,
Il parlera pendant une journée entière
Sur n'importe quel temps, quel lieu, quelle matière :

Marine, poésie, architecture, droit,
Stratégie, il sait tout jusques au bout du doigt;
Cependant il n'est pas marin ni stratégiste,
Architecte, docteur, poète ni légiste.
　J'ai vu ses vieux commis, chefs de division,
Dissertant avec lui d'administration,
Frappés d'étonnement, admirer en silence
Son esprit, son savoir et sa mâle éloquence.
A l'entendre parler de courbes, de balants,
D'assises, de déchets, de devis et de plans,
D'équerres, de compas, de toitures, de briques,
D'ardoises, de sapins, de mortiers hydrauliques,
De murs, de contreforts qui servent d'étançon,
Vous auriez pu le croire architecte ou maçon.
Plus fort que Gay-Lussac, il discute chimie,
Il fait mieux qu'Arago des cours d'astronomie,
Et laissant de côté Jupiter et Vénus,
Il découvre à nos yeux des astres inconnus.
　Son discours sur l'état réel de la Belgique
Est, sous tous les rapports, un chef-d'œuvre historique.
Dans l'affaire d'Ancône, il parla bastions,
Polygones, remparts, retours, positions,
Fronts d'attaque, fossés, stratégie et courtine,
Et lune et demi-lune, et mine et contre-mine,
Avec tant d'à-propos que plus d'un officier
Du génie, a pensé qu'il était du métier,
Et que ses auditeurs ont pu le prendre, en somme,
Pour un homme de guerre, ou pour un savant homme.
　Histoire, impôts, beaux-arts, presse, routes, canaux,
Ballons, chemins de fer, dévots et libéraux,

Plaisirs, religion, guerre, littérature,
Moralité, théâtre, arts, musique, peinture,
Liberté de commerce, enfin il est partout,
Et parce qu'il n'est prêt sur rien, il l'est sur tout.
Des autres orateurs il n'a pas le langage,
Il ne déclame pas, il croit qu'il est plus sage
De raconter les faits avec simplicité ;
Et tout en respectant sa propre dignité,
Il parle comme nous et comme tout le monde,
Mais s'il voit qu'on nous flatte, aussitôt il nous gronde.
Quand un autre prépare, il veut improviser,
Quand un autre pérore, il entend deviser.
Comment se méfier d'un aussi bon apôtre,
Qui cause comme vous, comme moi, comme un autre
Mieux que vous, mieux que moi, mieux que personne ici
Et qui convertirait un pécheur endurci !
Les autres orateurs, placés dans les coulisses,
Laissent de leurs discours échapper les prémisses ;
Par l'indiscrétion que la glace commet,
On voit de leur cimier s'agiter le plumet ;
Ils lèvent le menton sur leur cravate blanche,
Ils sont lacés, fardés, et le poing sur la hanche,
Ils se font préparer l'éternel verre d'eau,
Attendant pour entrer le lever du rideau.
Saisissez, au contraire, au milieu de la rue
Monsieur Thiers, dites-lui : la foule est accourue
Pour vous entendre ; allons, il faut vous dépêcher,
La salle se garnit, et je viens vous chercher ;
Prenez votre masque, et jouez à votre guise
Tout ce que vous voudrez, soit un homme d'église,

Un ministre, un artiste, un fat, un puritain,
Un général d'armée, ou même un arlequin,
Mais jouez! Monsieur Thiers ne prendra pas la peine
De s'essuyer le front et de reprendre haleine.
Il entre en scène, il pose, il salue, il sourit,
Oubliant qu'il n'a pas boutonné son..... habit
Devant les spectateurs. Il mime, il improvise,
Il file un dialogue, il cancane, il devise,
Il part à fond de train, il s'arrête à propos,
Dénouant tour à tour tous les imbroglios.
Autour de son sujet il tourne, il caracole,
Il apprend en jouant à répéter son rôle;
Et quand il veut jouer deux rôles à la fois,
Il fait un demi-tour, il contrefait sa voix,
Il dédouble son masque, il rit ou bien il pleure,
Il attaque un projet qu'il pronait tout-à-l'heure;
Mais il reste le même et le rôle est rempli
Par un comédien, un artiste accompli.
   Mais moi je lui reproche, et cela sans rancune,
De rire quelquefois en quittant la tribune,
Or un comédien qui veut, quoique joyeux,
Faire prendre au public son rôle au sérieux,
Ne doit pas rire ainsi de la farce qu'il joue.
Aussi sous ce rapport, Monsieur Thiers, je l'avoue,
A des progrès à faire, et s'il m'écoute, il faut
Qu'il se corrige enfin de ce petit défaut.
   Si Monsieur Thiers pouvait parler un peu moins vite,
On l'écouterait moins. Mais sa voix précipite
Ses phrases avec tant de volubilité,
Qu'à la Chambre on ne vit jamais un député

Capable de le suivre. Il est, il faut l'admettre,
Artiste sur ce point bien plus qu'il ne veut l'être.
Il est vrai qu'il finit par se noyer parfois
Dans les détails ; et comme égaré dans les bois,
Il trotte à gauche, à droite, et sans nulle mesure,
Si loin du but qu'il va se rasseoir sans conclure.
Ne serait-ce pas là pour l'orateur bavard,
Adresse, habileté, plutôt que défaut d'art?
    Une fois mis en selle, il galope, il s'envole
Sans jamais débrider, d'un pôle à l'autre pôle.
    Si lorsque du chaos, Dieu tirant l'univers,
Avait prévu qu'un jour il créerait Monsieur Thiers,
Pour le laisser parler il eût, sans aucun doute,
Et des jours et des nuits, au moins doublé la route.
    Il est rare, on le sait, que tous ces grands causeurs
Soient forts en politique. On les entend d'ailleurs
Dire ce que souvent ils ne devraient pas dire,
Tout en ne disant pas, c'est encor là le pire,
Ce qu'il faudrait toujours dire. Ils sont indiscrets,
Étourdis, vains, tranchants, hâbleurs et toujours prêts
A divulguer partout les affaires secrètes ;
Et si vous excitez ces bavards faux-prophètes
A discourir, ils vont choir sans exception
Dans les piéges tendus à l'indiscrétion.
Quoique la vérité soit belle toute nue,
Il faut de la prudence et de la retenue,
Et quand on a l'honneur d'être un homme d'État,
Il faut savoir qu'un chat n'est pas toujours un chat.
Je serais, par ma foi, presque tenté de croire
Que Monsieur Thiers a trop d'esprit et de mémoire

Pour être ministre, et je crois qu'il faut toujours
Se défier de ceux qui font de longs discours,
Et plus encor de ceux dont la belle parole
Enchante et magnétise un auditeur frivole,
Qu'une voix éloquente arrache de son banc
Et conduit au scrutin avec un billet blanc.
    Chaque Gouvernement a ses défauts ; le nôtre
En a sans doute autant, peut-être plus qu'un autre.
Dans nos Gouvernements dits représentatifs,
Ce sont les orateurs qui sont les chefs actifs
De nos majorités changeantes, éphémères,
Et ces majorités forment les ministères.
Tout ministre influent doit être un orateur,
Et tout ministre peut, dès qu'il est beau parleur,
Diriger à son gré les affaires publiques
Sans être homme d'État. Des hommes politiques
Tels que Sully, Colbert, ennemis des discours,
N'auraient jamais été ministres de nos jours.
Jean-Jacques n'aurait pas pu prendre la parole
Devant quelques gamins sur les bancs d'une école.
Un diplomate en herbe un peu récalcitrant,
Discutant politique avec De Talleyrand,
Après quelques instants, réduisait au silence
Le génie étonnant dont s'honorait la France.
Châteaubriand anonne, et jadis Montesquieu,
Le savant et le sage, eût perdu son enjeu
S'il avait dû lutter d'éloquence bavarde
Contre un clerc d'avoué de Brives-la-Gaillarde.
    Certes Monsieur Dupin est un grand président,
Il réquisitionne au mieux, et cependant,

Autour du tapis vert, où ministre on discute,
Il changerait vingt fois d'idée à la minute.   .
Monsieur Thiers se tient mieux, il est moins inégal,
Moins versatile, moins caustique, moins banal.
Il se gardera bien de mettre en épigramme
La maxime qu'il prêche au public qui l'acclame.
Pour le malin plaisir de créer un bon mot,
Il n'allongera pas les oreilles d'un sot.
Mais a-t-il bien l'esprit de suite nécessaire
Pour traiter et conclure une importante affaire ?
Ne cède-t-il pas trop aisément à son goût
De faire triompher son idée avant tout ?
Tantôt irrésolu, n'est-il pas trop timide ?
Tantôt trop décidé, n'est-il pas trop rigide ?
N'a-t-il pas plus de feu dans le tempérament
Que de bon sens pratique et que de jugement ?
L'imagination d'artiste qui l'entraîne
Ne lui fait-elle pas quelquefois perdre haleine ?
Ne prise-t-il pas plus la grandeur, la beauté
Des choses d'ici-bas, que leur utilité ?
Ne se laisse-t-il pas aller à l'aventure
Plutôt que de choisir la voie aisée et sûre ?
Croit-il au dévouement de la vertu ? Croit-il
Aux miracles d'honneur, au courage civil ?....
Non ! il ne croit vraiment qu'au seul dieu qu'il encense,
A l'or ! car pour lui l'or est seul une puissance.
Et cependant, cet or, il le prodiguerait
Par tonnes, pour créer un parc dans la forêt,
Ou pour réaliser de folles entreprises,
Planter notre drapeau dans les îles Marquises.

Il ne sait point, hélas ! que l'argent du Trésor
Est le chyle et le sang du peuple, et que cet or
Est précieux, qu'il faut qu'on en soit économe,
Car il est récolté sous l'humble toit de chaume,
Et le Gouvernement qui nous est le plus cher
Est certes bien celui qui coûte le moins cher.

Guizot et son école ont desséché nos âmes,
Et Thiers et son école imposant leurs programmes
Videraient sans pitié nos poches, et demain
Nons irions moitié nus, mendier notre pain.
L'un nous prendrait le peu de vertu qui neus reste,
Et l'autre dont la main est plus vive et plus leste,
Trouverait un prétexte, un besoin très-urgent
Pour nous prendre le peu qui nous reste d'argent.
Lorsque l'un tombe, l'autre aussitôt lui succède,
Tous les deux, au pays, font un mal sans remède,
Car la camarilla les poussant à son gré,
Fait que la probité politique a sombré.
Nous étouffons le cri de notre conscience,
Nous n'avons plus en rien, sur rien, nulle croyance,
Et sans calomnier mon pays, je vous dis
Que grâce à ces Messieurs, si souvent applaudis,
Le peuple officiel, en France, est le reptile
Le plus crétin, le plus faible, le plus servile
Et le plus corrompu de l'Europe, et celui
Qu'on méprise le plus en tous lieux aujourd'hui.

Avez-vous, par hasard, aux bureaux de la Chambre,
Vu parler Monsieur Thiers sur les lois de septembre ?
Avez-vous admiré les ressources, l'entrain
De ce brillant esprit qui charme et qui convainc ?

L'avez-vous vu luttant de geste et de parole
Avec De Salvandi sur l'affaire espagnole ?
C'est le toréador agile et jovial
Qui lutte avec le bœuf sourd, pesant, colossal.
Tout caparaçonné, Salvandi souffle, écume,
Thiers frappe sur son dos comme sur une enclume,
Il voltige alentour en évitant son choc,
Il le pique sans cesse et de taille et d'estoc.
Son audace, à la fin, ne connaît plus de bornes :
Saisissant à deux mains son rival par les cornes,
D'un vigoureux effort, il l'abat au champ clos,
Au milieu des hourras, des rires, des bravos.

    Tels les clowns Franconi, vertigineux centaures,
Dans le cirque, agitant leurs drapeaux tricolores,
Du peuple émerveillé font l'admiration ;
De même Monsieur Thiers nous fait illusion
Alors qu'à la tribune, en orateur d'élite,
Il fait étinceler les perles qu'il débite.

    Et lorsqu'il s'aperçoit qu'à force de parler,
Il endort l'auditeur qui commence à bâiller,
Sans fard, à bout portant, à la droite étonnée,
Il lance brusquement la flèche empoisonnée
Qu'il détient en réserve au fond de son carquois.
Il dénonce au public l'héroïne de Blois ;
Il offre des lauriers aux héros de Jemmape,
Et dans leur vieux drapeau fièrement il se drape.
Ces tirades toujours produisent leurs effets,
Et les traîneurs de sabre, agitant leurs bonnets,
Ramassent l'orateur et le remettent en selle ;
Et l'orateur alors galope de plus belle.

Il s'agit de savoir, une autre fois, comment
Monsieur Thiers aura pu créer un régiment
Sans Chambres et sans loi, mais par simple ordonnance
(Voilà la question, elle est claire, je pense).
Eh bien ! il passera lestement à travers,
Il poussera sa pointe au bout de l'univers,
Et pressant sur son cœur sa France bien-aimée,
En pleurant il dira les hauts faits de l'armée ;
Alors les vieux soldats, de leurs tremblantes voix,
Envers et contre tout, l'acclameront cent fois.
On rit de ce bon tour ; riez, Messieurs, riez
Autant qu'il vous plaira ; mais si vous m'en croyez,
Riez à vos dépens. Ce tour en vaut un autre,
Thiers a gagné sa cause, et ce n'est pas la vôtre !

Jadis, quand il parlait des bontés, des vertus
De son roi qu'il voulait comparer à Titus,
Des ministres zélés dont la main paternelle
Conduit si dignement la fragile nacelle
Qui porte nos destins, sa voix aigre en fausset
Tombait en tremblottant, flûtait, s'attendrissait,
Produisait des accents qui n'étaient pas sans charmes,
Et l'on voyait alors ses yeux mouillés de larmes.
Or, c'est sa paternelle administration
Qui, voulant étouffer toute discussion,
Étrangla sans remords, au milieu de la Chambre,
La sainte Liberté sous les lois de septembre !

Oh ! combien Monsieur Thiers, à l'Opéra, le soir,
Doit rire en repassant ses farces du pouvoir !
Ces gens-là, se dit-il dans sa morgue insolente,
Pour être aussi niais devraient payer patente.

S'il a, comme Ministre, un immense talent,
Il est en même temps étourdi, turbulent.
S'il a, comme orateur, la lyre de Pindare,
C'est le plus grand brouillon de France et de Navarre;
Aussi je crois pouvoir dire sans l'offenser,
Qu'on ne peut s'en servir pas plus que s'en passer.
Monsieur Thiers est pour nous un secours efficace,
Mais un pareil secours toujours nous embarrasse.
  Aujourd'hui réformé, puis replacé demain,
Il peut, par intervalle, en suivant son chemin,
Dans un moment donné se rendre nécessaire
Et commander en chef le corps parlementaire;
Mais il n'aura jamais comme Odilon Barrot,
De Villèle, Berryer, O'Connell et Guizot,
De soldats dévoués faisant cause commune
Avec lui, dans la bonne ou mauvaise fortune;
Car nul n'a jamais dit : Sa tente, la voilà!
Il la plante au hasard tantôt ci, tantôt là;
Nul non plus ne connaît, et c'est là son mérite,
La couleur du drapeau sous lequel il s'abrite;
Ce drapeau n'est pas rouge, il n'est ni blanc ni bleu,
Mais toutes ces couleurs s'y rencontrent un peu.
  Les hommes de nos jours qui n'ont, en politique,
Nulle moralité, nulle vertu civique,
Sont faits pour gouverner une Chambre qui rit
Des principes moraux que le bon sens prescrit.
D'ailleurs aux gens d'esprit on passe tout en France,
Soit même de changer d'idée et de croyance.
Je brûlerai demain ce qu'autrefois j'aimais,
Il n'est permis qu'aux sots de ne changer jamais;

Tandis que tous les jours l'homme sage modère
De ses opinions, la fougue originaire.
　　Oui, je me suis trompé, je l'admets volontiers,
Quand, avec tout Paris, j'ai dit que Monsieur Thiers
Malgré tout son talent, malgré son éloquence,
N'occuperait jamais le premier poste en France,
Jamais!... Parce que la considération
Lui manquait, et qu'il est de basse extraction.
D'où vient, me dira-t-on, cette force magique
Qui sert de baromètre à l'homme politique,
Cette force qui peut braver l'opinion
Et qu'on appelle la considération?
La vertu l'a créée, elle vient de bonne heure
Avec la probité, près de Dupont de l'Eure;
Elle suit à la guerre, elle suit à la paix
Lafayette, un héros qui ne broncha jamais;
Elle vient quelquefois d'une fortune acquise
Par d'immenses travaux (le travail moralise),
Aussi vous la verrez ombrager le cimier
Du casque d'or massif de Casimir Périer;
La générosité pour elle est un mérite,
Elle a depuis longtemps son couvert chez Lafitte;
Il faut le dire, c'est peut-être un préjugé,
Elle aime la noblesse, elle aime le clergé;
Aux seigneurs d'autrefois souvent elle s'allie
Et vous la trouverez chez le duc de Broglie;
Toujours de la victoire elle suit l'étendard,
Elle marche à côté du maréchal Gérard;
Illustre par les siens, Monsieur Molé le sage,
La reçut en naissant, dit-on, en apanage;

Elle ne veut jamais se fier au hasard,
Et si vous la voyez près de Royer-Collard,
C'est que ce citoyen vertueux et modeste
Est, des hommes d'État, le plus grand qui nous reste;
Enfin elle nous vient de l'affabilité,
Du genre, du bon ton, de la civilité,
De la bonté du cœur, des affables manières,
De l'art de transformer des ordres en prières,
Du langage poli, bienveillant, tolérant,
Comme celle qu'avait Monsieur De Talleyrand;
C'est celle que jamais personne ne dédaigne
En notre belle France, en ce pays où règne
L'exquise politesse, où le ministre n'est
Qu'un commis appointé, qu'un chef de cabinet
Chargé par son patron de tenir les ficelles.
Or Monsieur Thiers peut-il prétendre à l'une d'elles?
Je serais fort gêné de le dire, et je croi
Qu'il le serait lui-même autant et plus que moi.

Monsieur Thiers fut pourtant deux fois premier ministre,
Mais deux fois la discorde, à la face sinistre,
Parut en brandissant ses hideux étendarts;
Le Roi lui dit alors : « Fais tes paquets et pars. »
Ce qui nous surprit tous, c'est qu'après sa disgrâce,
On ne l'envoya point, lui que rien n'embarrasse,
Étudier les mœurs de l'Empire-Ottoman
Et charmer les loisirs des nymphes du Sultan.

Aussi sous Charles Dix, Messieurs les doctrinaires
S'en servaient volontiers moyennant bons salaires,
Ils étaient près de lui polis et mêmes plats,
Mais je puis affirmer qu'ils ne l'estimaient pas;

Pour le flatter souvent ils lui frottaient l'échine,
Mais ils craignaient les coups de sa griffe de fouine ;
Ils ne permettaient pas que cet ami douteux
Vînt sur leur canapé s'asseoir à côté d'eux.
Ce n'était, suivant eux, qu'un homme sans principes,
Un valet dévoué dont ils payaient les nippes,
Un complice gagé portant le même faix,
Travaillant avec eux pour les mêmes méfaits,
Mais qui ne pouvait pas escalader les cimes
Des hauteurs d'où leur œil plongeait dans nos abimes,
Un homme dont l'habit, si bien brossé qu'il fût,
Devait dans tous les cas être mis au rebut,
Car cet habit portait, chose vraiment étrange,
Sur l'un des parements une tache de fange,
Et lorsque d'un côté la tache s'effaçait,
Tout aussitôt sur l'autre elle reparaissait.
   Tout en rongeant son frein avec impatience,
Monsieur Thiers se taisait devant leur insolence ;
Mais s'il applaudissait à leurs malins propos,
C'était pour mieux les prendre en traître par le dos ;
Caché dans son terrier, il creusait la ruine
De ceux qui le faisaient attendre à la cuisine,
Et des pieds et des mains, sans cesse, avec ardeur,
Il sapait l'édifice où trônait leur grandeur ;
Par ses dehors flatteurs, il cherchait à leur plaire,
Et c'était une taupe aux pieds du ministère.
   Monsieur Thiers semblait être à cette époque-là
Un écolier fervent des fils de Loyola.
A la Cour, à la Chambre on chantait les louanges
De Dieu, du paradis, des saints et des saints anges ;

Et même à la tribune, on ne s'occupait plus
Que des beautés du ciel, du bonheur des élus,
De la très-sainte Eglise, et de la sainte Vierge
A laquelle chacun voulait brûler un cierge,
Des mystères sacrés et des miracles saints
Qu'on disait se produire en des pays lointains,
Et des faveurs du Ciel, et de la Providence
Présidant aux destins de notre sainte France.
Dans la bouche des gens qui prononçaient ces mots
C'était un genre, hélas ! de blasphèmes nouveaux ;
Et les libres penseurs de l'hôtel de Grenelle,
Humbles, s'agenouillaient à la Sainte-Chapelle.
Pleurant sur ses péchés, contrit, ne soufflant mot,
L'athéisme cherchait à se faire dévot.
Comment n'aurait-on pas sauvé la dynastie
Quand on tenait conseil dans une sacristie.
    En somme, Monsieur Thiers sans être tout-à-fait
Un saint homme, et sans être un ministre parfait
N'est pas un méchant homme. En vain son cœur s'efforce
D'aimer ou de haïr, il n'en a pas la force.
On pourrait le pousser parfois à des excès,
Mais quant à s'y porter de lui-même, jamais.
Cynique en ses propos, léger de caractère,
Ses défauts, il les doit (ce n'est pas un mystère)
A l'éducation mauvaise qu'il reçut.
Où pouvait-il apprendre à vivre à son début ?
Je dois l'avouer, car je veux être sincère,
Quant au mal pour le mal, il ne saurait le faire.
    S'il convient d'être juste, il faut être indulgent,
Eh bien ! je ne crois pas qu'il soit homme d'argent,

Et sur ce point surtout je ne voudrais me taire,
Car j'ai pensé vraiment très-longtemps le contraire.

Ce fut pour accomplir, je puis dire, un devoir
Qu'il quitta sans regret le fardeau du pouvoir,
Son motif était même honorable et logique.
C'est ainsi que toujours un homme politique
Doit descendre, s'il veut garder sa dignité ;
Car en quittant sa charge, il n'a point imité
Ces ministres ventrus, ignobles personnages
Qui, honteux, se sauvaient fourrant dans leurs bagages
Les meubles du bureau, les plumes, l'encrier,
Et jusqu'à la serviette, au nez du buvetier.

En un mot, je le tiens (j'aime qu'on le répète)
Pour un homme d'esprit, plein d'esprit, très-honnête,
D'un merveilleux savoir, d'une facilité,
D'un goût, d'un à-propos, d'une lucidité,
D'une souplesse, enfin d'un charme incomparable.
Son naturel est doux, son commerce est aimable,
Et nous plaît d'autant plus qu'il n'a rien de commun
Avec la morgue altière ordinaire au tribun.

Mais pourquoi faut-il donc que toujours il affecte
De parler probité ! S'il veut qu'on le respecte,
Lui le grand apostat, lui le caméléon,
Qu'il cesse de vanter la révolution
De juillet qu'il trahit ! lui le fier réformiste
Qui fut faire antichambre au club légitimiste !
Lui le chéri du peuple et de la liberté
Qui plaida pour les pairs et leur hérédité !
Lui du fougueux Danton l'ardent panégyriste
Qui devint tout-à-coup un fervent royaliste !

Lui que quatre-vingt-neuf à son char attela,
Qui se mit aux genoux de la camarilla!
Lui le grand citoyen, prince de la tribune,
Le vaillant contempteur des biens de la fortune,
Qui s'en fut grelotter aux portes du palais
Pour le plaisir de voir compter les fonds secrets.
    Monsieur Thiers a pensé qu'un parvenu vulgaire,
Champignon du fumier révolutionnaire
Poussé fortuitement le matin d'un beau jour
Sous les talons dorés des seigneurs de la Cour,
Arriverait bien vite à la hauteur du chêne
Pour couvrir de son ombre éternelle et sereine
Les palais de nos rois dont nous nous éloignons;
Mais l'orage bientôt passe et les champignons
Disparaissent. Les rois, même les populaires,
Ne se servent de nous, gens de peu, prolétaires,
Que lorsqu'ils ont besoin de nous dans le malheur,
Ou plus souvent encor, quand nous leur faisons peur.
Ici la monarchie, ou mieux les dynasties,
Ne s'assimilent bien qu'aux aristocraties,
Et l'Histoire nous dit, si nous l'interrogeons,
Que ces dernières sont les branches, les bourgeons
Du même arbre, et qu'enfin elles ont, par nature,
Dans le même fumier tiré leur nourriture.
C'est ce que vous n'avez pas vu, Monsieur; vraiment,
Cela fait peu d'honneur à votre jugement!
    Quand la première fois, la fortune infidèle
Cherchait à l'expulser de l'hôtel de Grenelle,
Délaissé, Monsieur Thiers enfin capitula,
Mais doubla sans encombre et Carybde et Scylla;

Rameur incomparable, en cette voie étroite,
Il passa sans blesser la gauche ni la droite
Avec tant de souplesse et tant d'habileté
Qu'on ne le vit jamais pencher d'aucun côté.
A son malin sourire, à sa démarche austère,
On voyait qu'il sortait tout frais du ministère.
Tous ses discours d'alors, bien appris, bien mielleux,
Sont de petits chefs-d'œuvre à l'usage de ceux
Qui, voulant à tout prix gagner un portefeuille,
Flattent un auditeur badaud qui les accueille ;
Il sait avec adresse, aux opposants surpris,
De sa fraîche amitié faire sentir le prix ;
Près du comte Molé qui, d'hier lui succède,
S'il passe, il lui promet avec dédain son aide ;
Harcelant, lui vaincu, ses ennemis vainqueurs,
Il accable Guizot de ses propos moqueurs :
Le tout à pas de loup, avec tant d'ironie,
Que ceux mêmes qu'il froisse admirent son génie,
Et sont, en maugréant, forcés de convenir
Que ce petit homme est l'homme de l'avenir.
Pour ceux qui l'écoutaient et qui savaient comprendre,
Cela signifiait que s'il était à vendre,
Chacun des deux partis en rapport avec lui
Se croirait trop heureux d'obtenir son appui.
Mais sa trop incertaine et fragile alliance
N'inspirait aux partis aucune confiance :
Pour la droite il n'était pas assez clérical,
Pour l'opposition, pas assez libéral.

  Contre mon habitude, oui, j'allonge, j'allonge
Un peu trop ce portrait, je le sens et j'y songe ;

Mais il le fallait bien, car je peins, ô lecteurs !
Le parleur le plus grand de tous les grands parleurs,
Et je vous ai promis, si j'ai bonne mémoire,
Son portrait ressemblant, sa véridique histoire.
Ma foi, si cependant j'allais vous ennuyer,
Dites-le, je mettrais ma plume au ratelier ;
Mais le peintre, ou plutôt son modèle émérite,
Ne vous fatigue point encore, et je profite
Du jour où Monsieur Thiers a quitté son hôtel,
Pour retailler à neuf ma plume et mon pastel,
Et résumer enfin l'illustre personnage
Dont je vous ai promis une fidèle image.
　　Prêt à tout : à causer, s'attabler, travailler,
Etudier, flâner, dormir, se réveiller ;
Propre à tout : aux calculs, à l'histoire, aux finances,
A la géographie, aux lettres, aux sciences,
Au droit, à la chimie, à la guerre, aux beaux-arts,
Surtout à récolter, compter des milliards ;
Prétendant tout savoir, entêté par système
Et ne doutant de rien si ce n'est de lui-même ;
Ne pouvant se passer des autres qui, vraiment,
Ne peuvent se passer de lui pour le moment ;
Monarchiste, à la Cour, en tout temps sachant plaire ;
Républicain, passant dans les clubs pour un frère ;
Homme de circonstance et sans nul parti pris,
Rouge ou blanc le matin, et le soir noir ou gris ;
Homme du moment, né pour la première place
Dans un Gouvernement qui naît, végète et passe ;
Incrédule et tout fier d'une société
Où l'on brûle l'encens à l'incrédulité ;

7

Acteur le plus habile (il faut qu'on le confesse)
De nos hommes d'Etat qui luttent dans la presse ;
Parleur prestigieux, sans fin, universel,
Homme pratique, mais artiste plein de sel ;
Dédaigneux de nos lois et des chartes baclées
Par lui-même, et par lui mille fois violées ;
Couvrant de son dédain le troupeau qui le suit
Et qu'il a corrompu, mieux vaut dire séduit ;
Tournant à tous les vents sa barque de fortune
Toutes voiles dehors, se hissant sur la hune,
Dût-il, l'instant d'après, se briser sur l'écueil
Où viendrait échouer son indomptable orgueil ;
Faquin, présomptueux, trembleur et plein d'audace,
Ardent, prenant sa course et dévorant l'espace
Dans l'espoir d'aborder on ne saurait dire où,
Et s'arrêtant devant le plus petit caillou ;
Chercheur d'expédients, embaucheur d'aventures,
Faiseur de plans, esprit aux burlesques allures ;
Sans principes, timide auprès des fanfarons,
Près des faibles hautain comme tous les poltrons ;
Créant et dirigeant toutes les coteries,
Tous les secrets d'Etat fourbis aux Tuileries ;
Si mêlé, si soumis aux intrigues des cours,
A tous les faux-fuyants, aux ruses, aux détours,
A tous les crocs-en-jambe, à toutes les faiblesses,
Aux mensonges, aux pleurs, à toutes les bassesses
De ce régime-ci, que ce régime pour
L'arracher de ses flancs, s'il le voulait un jour,
Devrait à toute force employer des tenailles,
Se déchirer les chairs et s'ouvrir les entrailles.

Cependant Monsieur Thiers est un type français,
Français de notre siècle, ami du vrai progrès ;
Aussi soit que ministre, il gouverne la France,
Soit qu'il ait en tombant perdu son influence,
Sous cette monarchie, objet de ses amours,
Monsieur Thiers, quoi qu'on fasse, est et sera toujours
(J'ose ici l'affirmer, car c'est incontestable)
Des hommes du pouvoir le plus considérable,
Et puisque j'ai lâché le mot, je le maintiens,
Il reste le plus grand de ses concitoyens.
    Si je devais ici compter ses odyssées,
Ses marches de la cave au grenier, ses passées
D'un ministère à l'autre, et ses tours et détours,
Dieu devrait m'accorder encore de longs jours ;
Et que serait-ce donc si de ses acolytes
Je devais définir et classer les mérites ?
Vraiment c'est à s'y perdre, alors surtout qu'on dit :
A. Thiers et Compagnie ont perdu leur crédit.
Du ministère on voit aussitôt chaque membre
Soucieux, encombrer le bureau de la Chambre ;
Chefs, directeurs, commis, valets et courtisans,
Portiers, garçons de caisse apportent leurs bilans ;
Du maître ils ont à cœur de suivre la fortune,
De se faire apurer, coter à la tribune,
Et d'établir leur compte aux journaux, au Trésor,
Dans l'espoir qu'ils pourront plus tard servir encor.
Liquidateur en chef discutant le contrôle,
Vingt-cinq fois Monsieur Thiers demande la parole,
En savant procureur il ergote, il débat
Chaque article, il sait bien où le blesse le bât,

Il masque une dépense, il dispute un centime,
Il flatte, il pleure, il rit, il se tord, il s'escrime,
Sur des chiffres forcés il pose un numéro.
Il soustrait, il ajoute, il esquive un zéro,
Tant qu'il ait à la fin résolu ce problême :
« Monsieur Thiers est plus net et plus fort que Barrême. »
Puis petit à petit, se croyant innocent,
Il se monte la tête et devient menaçant,
Et nous sommes voués tous autant que nous sommes,
A la fureur des dieux comme au mépris des hommes,
Si nous ne trouvons pas que Monsieur Thiers était
Un député sans tache, un ministre parfait.

Or, chaque associé voudrait suivre l'exemple
De cet Agamennon fulminant dans le temple ;
Sur les talons du maître, en disciple fervent,
Il relève la tête et met flamberge au vent,
Et pour son ministère il babille et bataille
Comme le moineau franc qui sur un toit piaille ;
Il s'imagine alors que, l'œil fixé sur lui,
La France au pied du mur réclame son appui.
Rentrez à la boutique, ô marchands de paroles,
Car le couvre-feu sonne, assez de fariboles ;
Sur vos discours pompeux je pose l'éteignoir,
Pour aller vous coucher, partez vite ! Bonsoir.

Ces débats si mesquins et ces querelles entre
Les parce que de gauche et les quoique du centre,
Entre Paul et Philippe, entre Jacques et Jean,
Passeront comme un souffle emporté par l'autan.
Pour donner du relief à ces grands ministères,
Et pour les signaler dans les deux hémisphères

A l'admiration de nos petits-enfants,
Pour buriner leurs noms aux rivages des temps,
Tous les calendriers auraient peine à suffire :
Cela ferait pitié si ça ne faisait rire.
J'ai vu flotter au vent ces divers étendarts :
Ce fut le DEUX NOVEMBRE, et puis le TREIZE MARS,
Le VINGT-DEUX FÉVRIER, suivi du DEUX SEPTEMBRE,
Père du QUINZE AVRIL qui faisait antichambre,
Lequel a dû donner la place au DOUZE MAI,
Qui laisse au PREMIER MARS le manche du balai,
C'est le VINGT-NEUF OCTOBRE enfin qui nous délivre
De celui-ci ; quel est celui qui va le suivre ?
Nul ne le sait encore, et cependant je crois
Qu'ils ne tarderont pas d'épuiser tous les mois.
Heureux que ces gens-là, pour qu'on ne les déloge,
N'aient pas pris leurs patrons dans le martyrologe
Et ne se soient nommés : ministère saint Clet,
Saint Basile, saint Just, saint Luc, saint Anaclet,
Saint Pacôme, saint Roch, saint Pie ou saint Nicole,
Sans quoi l'on aurait vu passer à tour de rôle
Sans en excepter un, c'est moi qui vous le dis,
Tous les saints qui, pour nous, veillent au Paradis.

Les dates, au surplus, les noms et les systèmes,
Les personnes, les faits, les principes eux-mêmes,
N'ont pas, pour Monsieur Thiers, une grande valeur,
Tout drapeau lui convient, n'importe la couleur.
Renvoyé par un vote ou démissionnaire,
Il ne soupire plus qu'après un ministère ;
Et ces fauteuils dorés où d'autres sont assis
Sont, le jour et la nuit, ses plus cruels soucis.

Sans paraître guetter, c'est comme une lamproie
Qui se tient à l'affût pour fondre sur sa proie.
Pour la seconde fois, c'est entre deux scrutins
Qu'il prit, aidé par moi, le pouvoir à deux mains.

Mais ses antécédents l'ont étreint dans leur chaîne,
Son sort inexorable et le pousse et l'entraîne,
Ce qu'il était hier il le sera demain :
Faible, pusillanime, inconséquent et vain.
S'il faut à l'étranger représenter la France,
Il ne sait avec qui conclure une alliance ;
Alternativement, en hésitant il va
Des bords de la Tamise aux bords de la Néva ;
S'il a l'Intérieur, il rampe aux Tuileries,
Puis il revient au peuple offrir ses flatteries,
Et sans se décider il va, vient tour à tour
Et de la Cour au peuple et du peuple à la Cour.

C'est bien la faute un peu de nos Chambres françaises
Qui, donnant carte blanche aux diseurs de fadaises,
Ne peuvent écouter une éloquente voix
Sans oublier bientôt les fautes d'autrefois,
La noire trahison, l'erreur, les crimes même
De l'orateur verbeux qui rit du stratagème.
Au droit, à la logique elles résisteront,
Aux bourdes d'un rhéteur elles applaudiront.
Notre Gouvernement a le favoritisme
De la parole, il doit tout au charlatanisme ;
Il fait un diplomate avec un écolier
Si cet écolier peut parler un jour entier.

Président du Conseil, ministre des Affaires
Etrangères, creusant devant lui les ornières,

Monsieur Thiers s'est toujours, ou du moins à peu près
Trompé comme un enfant : avant, pendant, après.
Il a, qui l'aurait cru? moins bien compris qu'un autre
Qu'entre un Gouvernement despotique et le nôtre,
On ne pouvait avoir de la paix que le nom
(Alliance menteuse à l'abri du canon!)
Il n'a pas su voir, même à travers sa lunette,
Que si les régiments de l'Europe inquiète
Demeuraient l'arme au bras près des rois absolus,
C'est que la liberté monte de plus en plus,
Qu'un souffle libéral ébranle les couronnes
Et qu'un volcan mugit et gronde sous les trônes.
Or, entre tous ces rois, il existe toujours
Une Sainte-Alliance, un mutuel concours.
Ces nobles champions de toute monarchie
Ont accepté sans doute, au lieu de l'anarchie,
Une usurpation ; mais ils aimeraient mieux
La légitimité si chère à leurs ayeux.

Les principes font les révolutionnaires,
Les révolutions, les martyrs, les sectaires,
Et les Gouvernements plus ou moins séduisants
Qui se sont succédés chez nous depuis cent ans ;
Seuls ils font la morale, et la paix et la guerre,
Les principes enfin mènent toute la terre.

Néanmoins, Monsieur Thiers affirme sur l'honneur
Que les principes sont des mythes sans valeur ;
C'est-à-dire que lui Thiers, sceptique incolore,
N'en a point, voilà tout, personne ne l'ignore.

Il s'est trompé lorsqu'en mil huit cent trente-sept
Il disait que l'Espagne aux abois, ne pouvait

Disperser de Carlos l'armée envahissante.
Il se trompait encore en mil huit cent quarante
Sur la Syrie, alors qu'il disait : « Désormais
» Tout seul Ali pourra résister aux Anglais. »
   On entendait déjà l'été des bruits de guerre
Et ce n'est qu'au printemps qu'il prétendait la faire.
A quoi donc pensait-il? Mais l'Egypte eût été
Conquise, Méhémet battu, décapité,
Alger bloqué, la France isolée, ébahie,
Eût été, c'est certain, dès l'automne envahie.
Quand le dernier commis du duc de Richelieu
Eût prévu tout cela, Thiers n'y vit que du feu.
   Il eût fallu d'ailleurs opposer les idées
Et le droit au canon, grandir de cent coudées;
Or Monsieur Thiers manquait d'idée et de canon,
Et voulant faire pièce au roi, son prête-nom,
Peur à l'Europe, il mit (c'est ce qu'on lui reproche)
Et le Gouvernement et le roi dans sa poche;
Derrière une rocaille, en un mot, il cacha
La France. O politique étroite d'un pacha!
   Monsieur Thiers nous a dit en poussant un soupir :
« Le fardeau du pouvoir m'empêche de dormir. »
Un ministre, Monsieur, qu'un feu sacré dévore,
Passé minuit, devrait dormir jusqu'à l'aurore.
On eut beaucoup de peine à réveiller, dit-on,
Alexandre, Condé, le grand Napoléon,
Le matin des grands jours des batailles d'Arbelles,
De Rocroi, d'Austerlitz, à jamais immortelles.
Monsieur Thiers, il est vrai, qui souvent en parla,
N'a jamais remporté de ces victoires-là.

Il faut que, d'un œil ferme, un ministre envisage
Les périls de l'Etat, pour détourner l'orage
Qui gronde sur nos fronts ; ce n'est que pour cela
Qu'il émarge au budget et qu'il est placé là.
On dit que Monsieur Thiers n'était pas à son aise
Sous les yeux de la Cour ; cette excuse est mauvaise !
Il devait opposer à la tentation
Ou le *non possumus* ou sa démission.
Ce n'est que lorsqu'il sort penaud du ministère
Que Monsieur Thiers comprend qu'il ne fallait pas faire
Ce qu'il a fait ; que même il voit qu'il n'a pas fait
Ce qu'il aurait dû faire. En Europe l'on sait
Que ce grand travailleur, ministre infatigable,
N'édifiera jamais, hélas ! que sur le sable ;
Que ce grand orateur livre tout au hasard :
Qu'il part toujours trop tôt pour arriver trop tard.

En résumé, pendant son dernier ministère,
Il n'a pas su servir ses amis ; au contraire,
Il comblait de faveurs et flattait en tous sens
Ses adversaires qui riaient à ses dépens.
Une majorité sans principes, précaire
Au lieu de sympathique, a pu le satisfaire.
Il ne sut éviter ni les piéges fleuris
De ses subordonnés, ni fuir avec mépris
De son maître effrayé les promesses flatteuses,
Ni convoquer à temps les Chambres ombrageuses,
Ni les dissoudre, ni s'imposer carrément
A l'alliance, ni la quitter dignement,
Ni faire en temps utile avancer notre flotte,
Ni la rappeler, ni même parer la botte

D'un diplomate qui, d'un ton flatteur et doux,
Cherchait à l'endormir; ni frapper de ces coups
Faits pour intimider; ni gouverner, ni vaincre,
Ni négocier, ni séduire, ni convaincre.
   Lui qui devait d'un mot, sans peine et sans effort,
Faire rentrer au nid tous les tyrans du Nord,
Briser à tout jamais la quadruple alliance,
Parler partout en maître, ouvrir à coups de lance
Les barrières du Rhin; lui qui devait, dit-on,
Raser la flotte anglaise au niveau d'un ponton,
Arborer fièrement, à la barbe du More,
Au port d'Alexandrie, un drapeau tricolore;
S'installer triomphant sur notre lac français,
La Méditerranée, et de ses gobelets
Verser sur son pays à torrents, la richesse
Et la prospérité; le voilà qui nous laisse
Pour tout legs, au milieu du plus triste abandon,
Les dédains insultants des Cosaques du Don,
Des pandours, des laquais et des boxeurs de Londre,
Aigrefins au poil roux toujours prêts à nous tondre;
Le voilà qui nous laisse, en cadeau paternel,
La résurrection du pouvoir personnel,
Et les lois de septembre et leur recrudescence,
Un demi-milliard de dettes à la France,
La paix armée, enfin la honte et le mépris,
Et l'embastillement odieux de Paris;
De Paris (l'eût-on cru?) qui fut assez stupide
Pour laisser ériger ce mur liberticide;
Et plus stupide encor, dans son zèle aveuglé,
Pour applaudir celui qui l'avait muselé!

Quand Monsieur Thiers remonte au char du ministère
Par un coup de bascule, il devient nécessaire
De se garer des bonds et des sauts de mouton
Bizarres, inconnus du nouveau Phaéton ;
Et je confesse, moi, sans me croire un oracle,
Que je suis inquiet quand il monte au pinacle
Et que je suis toujours prêt à crier bien haut :
« Fermiers serrez vos grains, on va doubler l'impôt ;
» Embrassez vos enfants , ô pères de famille,
» Pour la dernière fois, peut-être, on se fusille
» Aux frontières ; rentiers recevez vos coupons,
» Vendez vos titres ; et vous fournisseurs fripons,
» L'eau se trouble, montez vite sur vos échasses,
» Apprêtez vos filets et préparez vos nasses.
» Quel destin vous fera la fortune en courroux,
» O roi ? Vous liberté, l'arme au bras, garde à vous ! »
De tous les gens d'esprit, puisque le plus capable,
De l'univers entier nous a rendu la fable,
J'adresse tous les soirs ma prière au bon Dieu
Avec âme et ferveur (j'en fais ici l'aveu)
Pour qu'il nous donne enfin, comme premier ministre,
Un véritable sot , un pédagogue, un cuistre ;
Si nous n'en sommes pas moins mal , assurément ,
Pour quelques jours au moins, nous serons autrement.
Cependant Monsieur Thiers, plus que tout autre en France
A des capacités ; et nul autre , je pense,
N'a le cœur plus français. Il a pour son pays
Un amour si profond , si vrai , si bien compris,
Que lorsqu'à fustiger ses fautes, je m'apprête,
Le blâme, malgré moi, sur mes lèvres s'arrête.

Mais la France par lui trompée indignement,
La France qui comptait sur son beau dévouement,
Sur son talent brillant, incomparable, immense,
Pour conserver son rang, son antique influence,
Et faire triompher ses armes au dehors,
La France qui comptait sur ses nobles efforts,
Sa bonne volonté, son ardeur, son courage,
Pour donner au dedans une liberté sage ;
La France libérale indignée, en émoi,
Se lève contre lui plus sévère que moi ;
Je l'entends qui lui dit ainsi qu'à ses semblables,
Ces mots à buriner sur le front des coupables :
    « O vous que j'ai tirés de votre obscurité,
» Hommes de Juillet, vous fils de la Liberté,
» Qu'au faîte du pouvoir j'ai mis sans défiance,
» Dites, qu'avez-vous fait de l'honneur de la France ?
» De l'Europe, pourquoi suis-je donc aujourd'hui
» La risée ? Et pourquoi les peuples sans appui
» Ont-ils cessé de mettre en moi leur espérance
» Quand les tyrans du jour leur imposent silence ?
» Sur leurs lèvres pourquoi mon nom s'arrête-t-il
» Quand la liberté frappe aux portes de l'exil ?
» N'ai-je donc prodigué que pour une utopie
» Le plus pur de mon sang ? Faut-il donc que j'expie
» De mon principe entier le triomphe complet,
» Triste dérision des grands jours de juillet.
» Vous avez, comme l'or, pesé dans la balance
» Honneur et liberté, patrie, indépendance.
» Vous avez inspiré votre lâche frayeur
» Aux Chambres qui jadis décrétant la valeur,

» D'amour patriotique et de gloire affamées,
» Volèrent jusqu'au Rhin avec quatorze armées ;
» A ces bravas bourgeois, ces hommes en sabots
» Qui bientôt dans les camps devinrent des héros ;
» A ces industriels qui sauront vous connaître
» Quand vous les aurez mis sur la paille, peut-être.
   » Aux confins de l'Europe, un roitelet hautain
» Empoche votre argent qu'il prend avec dédain.
» Vous courez mendier, en dépit de nos gloires,
» Au général Jackson l'oubli de nos victoires.
» Vous traversez les mers, le tribut à la main,
» Pour tomber aux genoux du peuple américain !
» Allez, continuez, menez à la parade
» Votre établissement que votre main dégrade ;
» Affublez-le toujours des brillants oripeaux
» De la police qui prépare vos pipeaux ;
» Soyez les plats valets de vos principicules,
» Marquis de l'Œil-de-Bœuf taillés en vrais Hercules,
» Avec souliers ferrés, jurons de cabarets,
» Comme des cabotins doublés de paltoquets.
» Faites les fanfarons, tout en riant sous cape,
» Avec les marabouts et les soldats du pape ;
» Tandis que d'un pandour arrogant et hâbleur,
» La lance ou le bâton vous glacera de peur ;
» Ayez surtout, partout, peur de tout pour la forme ;
» Dans les limbes futurs, rejetez la réforme
» Du parlement, le droit d'écrire librement,
» Le vote universel et le soulagement
» Des impôts ; sous les yeux de vos gendarmeries,
» Mettez en sûreté vos folles théories ;

» Suspendez sur nos fronts, comme un arrêt dans l'air,
» Vos confiscations, vos exils d'outre-mer ;
» Donnez un libre cours à vos instincts lubriques,
» Violez sans pudeur nos foyers domestiques ;
» Couchés sur l'édredon de vos moelleux sofas,
» Calculez ce que vaut le baiser d'un Judas,
» La conscience enfin de vos bacleurs de charte,
» Laquais qui feraient honte aux esclaves de Sparte ;
» Mais grâce pour l'honneur du peuple, votre appui !
» Oh grâce ! gardez-vous d'afficher devant lui
» Le spectacle navrant de vos apostasies
» Et l'exemple hideux de vos hypocrisies !
    » Allez ! sous votre souffle impur et détesté,
» L'amour de la patrie et de la liberté
» (Amour qui se flétrit et s'éteint dans son âme)
» Quand il en sera temps ranimera sa flamme,
» Et quoi que vous fassiez, ingrats, pour l'abrutir,
» Ce noble peuple, un jour saura bien vous punir ! »

Pour ces fils égarés, France sois bonne mère,
Ne les accable pas du poids de ta colère ;
Non, France, ne dis point que tu les puniras,
Ils sont assez punis ! reçois-les dans tes bras.
La logique qu'ils ont foulée aux pieds, retombe
Sur eux comme le marbre effrayant d'une tombe ;
Ce banc de ministre où nous les vîmes assis
Ne fut pour eux qu'un banc de douloureux soucis ;
Ces festins à la Cour où régnait la tristesse
Les ont rassasiés ; ces coupes de l'ivresse

Politique, qu'alors ils vidaient d'un seul trait,
Non-seulement pour eux n'eurent aucun attrait,
Mais elles n'ont laissé sur leurs lèvres qu'écume,
Et dans leur cœur grisé qu'un dépôt d'amertume ;
Ces jours infortunés et ces nuits sans sommeils
Autour du tapis vert des ténébreux conseils,
Ont été jusqu'ici marqués par des mécomptes,
Par des rivalités, des embûches, des hontes ;
Ces nuits de cauchemar qu'ils passaient autrefois
Sous les lambris dorés du palais de nos rois
Que la garde surveille et que la myrrhe embaume,
Ne valaient pas les nuits du pauvre sous le chaume ;
Et ces majorités indécises, souvent
Glissaient entre leurs mains comme une feuille au vent ;
Ce prince dont jadis ils adoraient la trace,
Ou se retire d'eux, ou pis encor les chasse ;
Ces importuns flatteurs, ces valets faux amis,
Les ont, l'un après l'autre, impudemment trahis ;
Ce peuple dont ils ont muselé le génie
Et qu'ils ont opprimé, maintenant les renie ;
La presse qu'ils voulaient écraser sous le pié
Se retourne contre eux et les mord sans pitié.

Non, France, ne dis pas à ces piètres manœuvres
Qu'ils ne sont point assez punis selon leurs œuvres !
Hélas ! c'est l'être assez, France, que de te voir
Si petite, le front couvert d'un voile noir,
Toi, si grande jadis ! si plate, si traînarde,
Toi, qui des nations marchais à l'avant-garde,
Fière comme une reine, une torche à la main,
Pour servir, au besoin, de guide au genre humain !

Si grêle et si tapie en ton nid de murailles,
Toi qui portais si haut la foudre des batailles !
  Non, sans doute, ils n'ont pas connu ta mission !
Ils n'ont de ton génie aucune notion !
Mais ils n'ont pas non plus, dans leur erreur commune,
Désespéré jamais, France, de ta fortune ;
Mais ils ont comme nous le profond sentiment
De ton indépendance et de ton dévouement.
Terre de liberté, berceau de nos ancêtres,
Vieille France, oh ! non, non, ce ne sont pas des traîtres !
Ils t'aiment, ma patrie, et j'ose l'affirmer,
Comme nous t'aimons tous, comme l'on doit t'aimer,
Comme l'asile saint que notre cœur vénère,
Enfin comme l'on aime et son fils et sa mère !
Nous donnerions nos biens, notre vie à l'instant
Pour te sauver ; eh bien ! ils en feraient autant.
Ah ! tu dois pardonner ; pardonne, je t'en prie,
A tous ceux qui, comme eux, t'auront beaucoup chérie !
Laisse-nous donc t'offrir en expiation
De leur triste passé, de leur défection,
Nos amères douleurs, leurs pleurs, leurs sacrifices,
Notre espoir, leurs remords, incurables supplices !
France, je t'en conjure en ce jour solennel,
Presse-les comme nous sur ton sein maternel !
Ils sont assez punis de leurs basses intrigues,
Ils t'aiment, prends pitié de ces enfants prodigues ;
Ils reviennent enfin, ils te tendent les bras,
Ils sont tous tes enfants, oh ! ne les maudis pas !

TABLE.

Lille. Imp. L. Danel

8

www.ingramcontent.com/pod-product-compliance
Lightning Source LLC
Chambersburg PA
CBHW060833250626

47162CB00005B/2052